COLLECTION FOLIO

Christian Giudicelli

Fragments tunisiens

Gallimard

Christian Giudicelli est né à Nîmes. Collaborateur à France-Culture, romancier et auteur dramatique, il a reçu le prix Renaudot en 1986, pour son roman *Station balnéaire*. Il est élu membre du jury Renaudot en 1993. Il dirige la collection « La fantaisie du voyageur » aux Éditions du Rocher. Il est aussi conseiller littéraire aux Éditions Gallimard et membre du comité de lecture.

1

Vieux Scapin de Tunis

Dans son instructif récit de voyage autour de la Méditerranée *Les Colonnes d'Hercule*, Paul Theroux raconte la tentative d'arnaque qu'il a subie à Tunis, dont il s'est tiré sans bourse délier. Un certain Ali, personnage on ne peut plus aimable, l'entraîne dans les souks : « Il y a une attraction spéciale ce matin, le marché aux tapis berbères. » Il le fait entrer dans une grande boutique où le patron ordonne à ses employés de présenter au visiteur des tapis de différentes tailles. L'écrivain arrive à s'éclipser, rejoint par Ali qui le pousse dans une autre boutique, plus modeste, de parfums. Là encore la proie s'échappe, prétextant que la fiole qu'on veut lui vendre se viderait au fond de sa poche. J'ai été moins habile que mon confrère américain. Harponné sous le Dieu bénisseur et les anges en relief de la Cathédrale (son architecture déshonore à Tunis l'Église catholique) par un Ali — le même ou l'un de ses clones —, je suis introduit dans une grande boutique — la même ou l'une de ses annexes — devant un patron qui parle vivement à ses employés — tous les patrons se ressemblent — et me couvre du miel de sa politesse affectée. Inébranlable, d'autant que l'art du tapis me laisse assez froid, j'oppose un non à chaque merveille que l'on m'exhibe, au thé que l'on ne manque pas de m'offrir. Afin de m'amadouer, le patron suggère au rusé Ali de m'emmener prendre l'air sur la terrasse où m'attendent une arcade, quelques mosaïques et une vue sur les terrasses voisines. Je ne m'y attarde pas, en redescends avec la ferme intention de me dérober aux manigances du commerce. Ali tente bien de m'intéresser, dans une pièce au-dessus du magasin, à un immense lit, décoré comme un gâteau d'anniversaire où les bougies seraient remplacées par des sculptures en ivoire : « Le lit du Bey », lance mon guide. À Paul Theroux, il a simplement dit : « Le lit du Roi », craignant sans doute qu'une précision dans la couleur locale demeure lettre morte pour un Yankee, plouc de première catégorie à ses yeux. Quant à moi, je pense justifier la réputation (usurpée d'ordinaire) du Français débrouillard en lui faussant compagnie au moment où, le dos tourné, il me signale un vague détail du plafond. Je n'ai pas le temps de me réjouir : il me rattrape dans une ruelle, pas énervé, sûr de lui : « N'oublie pas ta femme, viens lui choisir un parfum. » Je rends les armes : me voilà prisonnier de la petite boutique d'à côté dont je ne me délivre que par l'achat d'un flacon d'entêtante *Fleur de Sahara.* Ma femme n'en profitera pas (je ne suis pas marié) mais une amie parisienne qui, après l'avoir respirée, m'en remerciera modérément par un « Ça en jette ! ».

Depuis cette légère mésaventure, survenue alors que je connaissais à peine la ville, je n'ai guère fréquenté les souks durant les séjours qui ont suivi. Quand je songe au riche dédale de Marrakech ou d'Istanbul, ils me paraissent banals et surtout ils fonctionnent comme un piège où l'étranger joue le rôle décevant de consommateur d'exotisme dans des *Mille et Une nuits* version pacotille.

Il ne faut pas imaginer que je regrette mon argent. Quand on en possède un peu, la pingrerie n'est pas de mise, elle dénote une triste nature, un égoïsme minable. J'aurais tendance à excuser tous les défauts du monde sauf l'avarice. Être généreux avec ses familiers procure un rare plaisir, non exempt d'égoïsme d'ailleurs mais, en ce cas, tant pis ! j'assume l'égoïsme. La situation se complique avec ceux qui réclament de l'aide. À Paris, dans le métro, ils prolifèrent tellement qu'on ne saurait accéder à chaque demande. On se trouve obligé de trier les pauvres : d'un côté les bons, de l'autre les mauvais… fichu casse-tête ! J'avoue que je rejette les plus plaintifs, les jeunes qui s'annoncent atteints du sida ou les mères avec un enfant, parfois deux, sur les bras. Rien de glorieux dans cette attitude mentale, prétexte à détourner le regard des plaies qu'on me désigne. Le type qui aura prononcé la phrase sobre : « Je suis sans travail » obtiendra au contraire ma faveur. Je préférerais même qu'il s'abstienne de fournir la raison de sa quête, telle cette vieille femme assise le matin devant une maison lézardée du Caire : « Donne-moi vingt piastres », disait-elle quand je passais. Je m'exécutais aussitôt, heureux de ce prix fixé qu'elle ne majorait jamais, heureux qu'elle ne prenne pas la peine de me gratifier d'un « Thank you, Sir ! » que je ne méritais pas. Nous participions d'un ordre dont nous n'étions pas responsables. « Vingt piastres » assurait un équilibre entre elle et moi, entre ma petite fortune et son infortune. Si — j'en eus un jour l'intention — je lui avais donné le double, je suppose qu'en son for intérieur elle m'aurait jugé et condamné.

On ne mendie guère en Tunisie où des milliers d'Ali pratiquent en revanche comme un sport national l'art du business. Je me souviens qu'à Djerba pendant que j'étais en train de savourer à une terrasse une soirée tiède et un thé brûlant, un énorme moustachu m'a noué par surprise un turban blanc autour du crâne : « Il te va… tu es superbe : un prince… Quarante dinars ! » J'essaie de me débarrasser de la coiffe. « Non, tu es trop beau… ce turban et toi vous ne vous quitterez plus. Je te le laisse à trente, à vingt… » Il me tend le miroir de poche qu'il a sorti des plis de son burnous. Un instant ma volonté vacille : il est plutôt flatté mon visage là-dessous, rajeuni, anobli, je n'en reviens pas. Le gros malin a parfaitement enregistré cet abandon au narcissisme : « Quinze dinars… en te voyant, je te jure, elles tomberont toutes à tes pieds ! » Pas si malin que ça en définitive : il a prononcé une phrase de trop, celle qui me fait éclater de rire et dénouer enfin l'accessoire superflu. « Tu n'en veux vraiment pas… Dix dinars ? — Non, mais je serais ravi si on buvait un thé ensemble. » Il accepte : « Quelques minutes seulement : j'ai un bus à prendre… » Elles lui suffiront pour qu'il m'explique son système de prix qui se résume en une maxime : « Je débute haut et je termine bas. » Il commente : « Quand les gens ont l'impression de réaliser une économie, je les tiens, je les étrangle. Toi tu es solide mais au fond tu as eu tort parce que le foulard c'était une affaire. » Il me jette un coup d'œil de biais, nourrissant l'espoir que je mordrai à cet ultime hameçon puis, de guerre lasse, il évoque sa vie de famille, sujet de conversation traditionnel qui ne m'emballe pas et que j'ai souvent subi. Une épouse est morte, une autre lui a succédé : une jeunesse, le tiers de son âge, sérieuse, mignonne, fleur de jasmin, gazelle, il ne m'épargne aucun cliché. L'éloge vire au dithyrambe quand il aborde le portrait du fils aîné, un garçon incomparable et voici pourquoi : « Il connaît les endroits où il faut se planquer, près de la poste par exemple. Il saute sur le touriste avant ses copains, il lui sourit, il le promène, je ne sais pas comment il se le cuisine mais le touriste en une heure a dépensé le maximum. Mon fils, après, repasse chez les commerçants pour toucher les ristournes. Je suis fier de lui. Dommage qu'il t'ait raté... Adieu. » Il se lève, enfourne le turban dans un sac et, de dos, quand il court en direction de son bus, il ressemble aussi à un sac qui gigote, un sac de dessin animé avec un capuchon pointu.

Je ne mets pas en doute le talent du fils, pourtant sa méthode revêt un aspect routinier comparée à la stratégie d'un sexagénaire de mes relations. Retournons à Tunis, pas dans les souks, au centre de la ville moderne, rue de Grèce. Je sors de l'hôtel Salammbô où je loge pour trois raisons : 1) Il n'est pas cher. 2) Il est propre. 3) Il est littéraire. Au petit déjeuner, coude à coude sur les banquettes marron de la salle commune, nous avons été plusieurs à dévorer de la confiture de coings. Donc, lèvres et langue sucrées, je sors et, en plus, je sifflote, satisfait de ce régime de poussah. Le sexagénaire entre en scène. Silhouette grise flottant dans un costume gris, visage froissé, air timide, presque humble. « Excusez-moi... » Il s'excuse et il me vouvoie ! « Pouvez-vous me rendre un grand service ? » Déjà je suis prêt à me délester de ma monnaie. « Je voudrais vous offrir un café... » Qu'est-ce que j'entends ? « Ma femme vient d'avoir un bébé cette nuit... je me suis dit : le premier Européen que je rencontre, je lui offrirai un café, ça portera chance au bébé et à la femme. » La stupéfaction ne m'empêche pas de renifler le traquenard : j'improvise un rendez-vous urgent à l'Ambassade de France. « Juste le temps d'un café, s'il vous plaît... » Il me tire par le bras en douceur : « Demain, je vous invite à manger le couscous à la maison, demain à sept heures précises... je vous noterai mon adresse sur un bout de papier. » Il n'écoute pas ma réplique : « Demain, désolé, je ne serai pas libre. » De sa voix fragile, tremblante, il demande : « Vous avez des enfants bien sûr ? » Son regard, qui paraît me supplier comme si quelque chose de très important dépendait de la réponse, me force à mentir : « Oui. — Combien ? — Un (Je mens sans panache, bourgeoisement.) — Un ou une ? — Une. » Devrai-je broder sur les jeux et les ris de ma fille imaginaire ? Ce ne sera pas utile car mon questionneur ne pousse pas l'investigation. Je frémis à l'idée qu'un tel personnage, insignifiant d'allure, pourrait dans un commissariat me faire avouer des crimes dont je raconterais le détail. Je sens une main qui se pose sur mon épaule : « Entrez là… » C'est une cafétéria surpeuplée de l'avenue Bourguiba où l'on consomme debout et en vitesse. Au milieu de la clientèle jeune et bruyante, le sexagénaire couleur de muraille acquiert une réalité de spectre. Je transpire. « Votre café… » Il n'en a commandé qu'un qu'il a payé à la caisse. Pendant que je l'avale, il murmure : « Demain à sept heures, ma femme et moi… » Dans le boucan, je perds les trois quarts de son texte : « … un cadeau à votre fille… mon bébé et votre fille… » Dehors, sur l'avenue, il s'arrête et me contemple avec une intensité de communiant : « Nous sommes amis ?

— Oui. » Je transpire de plus en plus. « J'ai besoin de quinze dinars pour régler l'hôpital de ma femme. » Quel soulagement : je ne proteste pas, ne mégote pas… je le remercierais presque d'accepter ma modeste contribution. Dès qu'il se l'est appropriée, il file. Je le vois grimper dans un tramway, ce vieux filou qui, n'ayant rien à me vendre et du vent à m'offrir (augmenté d'un café), a su préparer mon estocade sous anesthésie. Je ne t'en veux pas, vieux Scapin, m'incline devant la science de ta fourberie et crie bravo comme au théâtre. Demain à sept heures, ton couscous pourlèche-t'en, tu l'as bien gagné.

2

Théâtre de Tunis

Dans une ville que je ne connais pas, je cherche toujours à trouver le théâtre. Si je ne le découvre pas, quelque chose me manque. Si je tombe dessus, je tourne autour, j'y pénètre quand il n'est pas fermé et je me dis *in petto,* ivre de vanité : un jour j'y serai *interprété.* Ma principale satisfaction d'auteur dramatique est d'avoir pu entrer, comme dans ma maison, dans le grand théâtre de La Haye ou dans des salles plus modestes à Augsbourg, Rome ou Athènes. Mon regret : de n'avoir pu aller à Oslo, Prague, Varsovie, Ankara, Buenos Aires qui m'ont offert cet espace incroyable : une scène soudain éclairée avec des spectateurs sur les fauteuils ou les gradins. Et ce qu'ils écoutent, traduit dans une langue que souvent je ne parle pas, c'est mon texte… ce qu'ils voient, c'est mon rêve rêvé par d'autres. Vous n'appelez pas ça de la magie ? Prétendrait-on que mes pièces sont nulles, je n'en serais guère affligé : elles m'ont apporté assez de joie pour que je ne leur en demande pas davantage. Si l'on est très heureux une fois de temps en temps, la vie mérite d'être vécue.

Dans le supplément dominical du quotidien *La Presse*, dont je ne rate pas un numéro lorsque je séjourne à Tunis, j'épluche un dossier consacré aux one-man-shows que les acteurs célèbres multiplient ici comme ailleurs. Ayant écrit deux spectacles à un seul personnage (*Bécassouille* et *Tour de piste*), j'y apprends par la voix autorisée d'un psychiatre que dans ce type de productions, « il s'agit du syndrome de l'autosuffisance cristallisée sur fond de paranoïa ». Et ils s'y entendent, nos braves psys, en autosuffisance : là où ils passent, nos énigmes trépassent.

Le jeudi 27 février 1997 à 19 heures, le théâtre de Tunis n'a pas mis à son programme un ouvrage paranoïaque mais un concert de l'orchestre symphonique national. D'abord, un mot sur l'édifice : né au début du siècle, de style Art nouveau (pas fréquent pour un théâtre), il est a-do-ra-ble, dès sa façade entièrement blanche avec ses trois portes surmontées de trois arches qu'entourent je ne sais quelles allégories en haut-relief. À l'intérieur, des oiseaux peints volent sur le plafond. Casé au milieu du deuxième rang, j'ai l'impression d'habiter une grotte fragile comme une meringue. Cette image vous paraît stupide ? Elle l'est. Asseyez-vous à côté de moi — vous avez des places libres — et levez les yeux : vous me la pardonnerez. Derrière, au troisième rang, c'est pris par deux dames françaises qui papotent. L'une répète à tout propos : « Ça m'a coûté ! » et la seconde raconte qu'à Hammamet, la semaine dernière, son mari a brillé au golf en compagnie d'un avocat finlandais. Chut ! les musiciens arrivent.

Le chef Ahmed Achour, grand front, air énergique, me rappelle mon ami Boris Schreiber, en moins expansif : il est sérieux, très sérieux. Le trac ? Il débute, classiquement, avec une symphonie de Haydn. Bon, je ne comparerai pas la phalange tunisienne au Philharmonique de Berlin ni Monsieur Achour à Celibidache mais enfin on joue à peu près ensemble et le public, séduit par la bonne volonté et l'application, applaudit à la fin de chaque mouvement. Morceau suivant : une œuvre de Couperin pour violoncelle et orchestre. À cette occasion, l'une des violoncellistes s'avance. J'apprécie une telle simplicité — le contraire du vedettariat — et souhaite la réussite à la femme aux rondeurs maternelles qui s'installe derrière son instrument. Oh ! qu'il se montre méchant avec elle, celui-là ! En matière de sonorité qu'existe-t-il de pire que l'accordéon ? On répondra : rien. Si : le violoncelle lorsqu'il s'alanguit en des sanglots longs qui confèrent aux passages modérés l'allure d'une marche funèbre et que, pendant les rapides, il pousse des râles d'asthmatique en train de respirer du pollen. Au cours de ce difficile exercice, je remarque parmi les violons un jeune homme au visage radieux. Radieux est peu dire : en exécutant sa partie, il rit de toutes ses dents comme s'il organisait la plus heureuse des fêtes. Se moquerait-il de sa consœur ? Je pense que non, ne décelant pas une once de méchanceté dans l'expression de sa joie. Le rire vient de lui, pas du monde extérieur.

La soliste achève son chemin de croix sur un brame déchirant. On tape des mains. Trop : elle se lance dans un bis : l'ouverture des *Brigands* de Verdi que je ne connaissais pas (je ne perdais rien). Après l'entracte, retour du maestro Achour à la tête de son valeureux troupeau. Du côté des violons, la chaise du radieux demeure inoccupée : peut-être l'a-t-on critiqué de son attitude et consigné dans les coulisses pour lui apprendre la politesse. Je me désole un instant, un instant pas plus car le voici qui entre, élégant, fier comme Artaban : cette fois, c'est lui le soliste. La salle éclate en bravos. Au premier balcon, des copains de son âge sifflent comme pour une idole de la chanson. Je collabore activement à ce petit délire. Dès que le silence revient, le prodige essaie de faire tenir sa partition sur le pupitre. Une feuille tombe, puis deux, puis trois, puis toutes. Il les ramasse, les replace. Une glisse, il la rattrape, elle s'enfuit, elle vole, puis deux, puis trois, etc. On assiste à un *remake* de la plus géniale séquence burlesque de l'histoire du cinéma : celle de Buster Keaton, pianiste accompagnateur de Chaplin dans *Limelight.* Mais, à la différence de l'impassible Buster, Hichem — c'est le prénom du phénomène — rit à ses maladresses pour le très vif plaisir de ses copains qui sifflent derechef. Se rendant compte qu'il ne maîtrise plus la situation, il nous adresse un geste d'impuissance qui signifie « excusez-moi ! » et s'éclipse. « C'est beau, la jeunesse ! » dit, avec un brin d'attendrissement, une des dames françaises. Quand Hichem réapparaît avec son violon et une autre partition dont les feuilles sont collées, de nouveaux sifflets le saluent. Au-dessus du nœud papillon, le visage sourit encore mais je me plais à imaginer qu'une inquiétude ombre ce sourire. Concentre-toi, futur Grumiaux, et fonce !

Dans les *Variations sur un thème de Haendel* d'un compositeur dont j'ignore tout (Aslamazyan), Hichem s'en tire mieux que sa collègue dans le Couperin. Il fabrique un son qui ne manque pas de velouté au bénéfice d'une manière qui ne peut qu'être sobre. Résultat : le succès est au rendez-vous, qu'il couronne par une révérence. Enhardi, il se met à cavalcader dans du Vivaldi que le sévère Achour désire lui aussi traiter à la hussarde. D'où une course poursuite que chacun mène à son rythme. Hichem arrive bon premier. Triomphe. Les copains sont déchaînés. Pour les remercier, il leur tire la langue. Au balcon, seule parmi les garçons, une fille brune aux beaux cheveux bouclés ne manifeste pas d'enthousiasme. Immobile comme les oiseaux du plafond, elle plane autant qu'eux mais dans une félicité de Vierge de la Renaissance. C'est vers elle que, du bout des doigts, juste avant de quitter la scène, le virtuose en herbe jette un baiser.

3

Hôpital de Tunis

Wahid n'est pas un triomphant. Il a grandi à Tunis, dans la rue. Il en connaît les petits métiers et les petits profits : il en vivote. Marchand de bonbons avec son père à l'entrée de la gare, serveur un mois dans une cafétéria, guide un après-midi dans les souks, il s'adapte à une réalité qui flirte avec la misère. Frêle d'aspect, il ne paraît pas trop inquiet sur son avenir. Il pense qu'il épousera une belle femme et qu'il ouvrira un commerce de chaussures. Il redoute une seule chose : les contrôles effectués par des militaires en civil : « Je n'ai pas de carte d'identité, alors ils peuvent m'embarquer dans leur camion et, hop, directement à l'armée ! » Un jour, il m'a quitté en courant sans prévenir : « C'étaient eux, m'annonce-t-il le lendemain à la terrasse du Café de Paris. Je l'ai échappé belle. » Comme pour se protéger, il rabat sur le front la visière de sa casquette américaine qu'il n'enlève jamais. Je lui demande s'il dort avec. « Ton seul signe extérieur de richesse, tu l'abandonnerais, toi ? » interroge-t-il à son tour. Même quand il se montre drôle, son sourire reste étroit. Le visage lisse, d'un charme encore enfantin, est rendu mélancolique par sa pâleur et des yeux souvent fixes que soulignent des cernes qui ne sont pas de son âge. À son âge justement, j'en savais cent fois moins que lui sur la vie. J'avais cent fois plus lu : manière douce d'appréhender le monde et, en partie, de le fuir.

Wahid arpente son territoire au pas de charge. Moi qui adore flâner plutôt que me dépêcher, j'ai peine à le suivre. On croirait qu'il ne tolérerait pas que sa ville se dérobe. Il me mène dans son quartier, Bab Souika, qui me séduit en raison de la foule des femmes en train de faire leur marché près de la place Halfaouine : elles se penchent gravement vers les artichauts, les épices — ces poussières de couleur — débordant des sacs, les poissons gisant au fond de baquets sur un lit de glace pilée. Wahid salue les vendeurs, échange des plaisanteries mais ne s'arrête pas. Toujours en mouvement, toujours en quête… de quoi ?

Grâce à lui, j'ai découvert Chez Khaled, coiffeur rue de Marseille. On vous y masse le cuir chevelu, on vous le chatouille, on vous le tapote, bref on s'en occupe comme d'un objet d'art. Une nuit, il m'entraîne vers des lieux moins innocents : un cinéma sordide où personne ne s'intéresse au film et une maison délabrée où des couples s'étreignent furtivement parmi les gravats. « C'est normal », dit-il pour tout commentaire. Lorsqu'il m'a confié que son frère aîné inhalait une saloperie de drogue et que j'essayai de lui en représenter les dangers : « Qu'est-ce que tu veux que j'y fasse ? répond-il. C'est mon frère aîné, c'est normal. » Pour Wahid, sans doute en raison de la précocité de son expérience, ce qui existe est normal puisque ça existe. Il faut l'accepter, on s'épuiserait à le combattre.

— Tu es écrivain ?

— Un peu.

— Invente-moi une histoire d'amour.

— Rien de plus difficile.

— Tu ne sais pas ?

— Non.

Nous sommes assis sur la pelouse du parc Thameur où nous nous donnons parfois rendez-vous à dix heures du matin. Je regrette de ne pas exaucer son souhait : incapable d'inventer une histoire d'amour, un écrivain ne mérite pas de s'appeler écrivain. Wahid ne m'en tient pas rigueur, change de sujet :

— Tu m'accompagnes voir ma mère ?

— Tu ne m'en as jamais parlé de ta mère. Quel âge a-t-elle ?

— Trente-neuf ans. On la soigne à l'hôpital. Elle sera contente si tu m'accompagnes. Elle dira : mon Wahid arrive avec un ami, c'est normal.

Bien que curieux de nature, je ne suis guère chaud pour l'expédition.

— De quoi souffre ta maman ?

— De sinusite.

— Ce n'est pas trop grave.

— Elle a eu de la sinusite. Maintenant elle n'en a plus, elle a des crises. Elle est à l'hôpital des fous.

Me revient en mémoire un récit de Maupassant qui visita ici même l'hôpital psychiatrique. Il y rencontra un malade qui lui cria : « Fous, fous, nous sommes tous fous, moi, toi, le médecin, le gardien, le bey, tous, tous, fous ! » Une opinion que j'aurais la faiblesse de partager. Pourtant je n'ai nulle envie qu'on m'en administre une nouvelle preuve :

— Ta maman profitera mieux de toi si tu y vas seul.

Quand nous nous retrouvons le matin suivant au parc Thameur, je me renseigne :

— Comment se porte ta mère ?

— Pas très bien. Je l'ai emmenée dans le jardin de l'hôpital… elle a passé son temps à arracher des touffes d'herbe.

— Qu'est-ce que tu as fait ?

— Je me suis baissé pour arracher les touffes d'herbe avec elle.

Il n'a pas besoin que je lui invente une histoire d'amour.

4

C'était à Carthage, faubourg de Tunis…

Carthage n'a pas bonne réputation. Les auteurs de guides touristiques la traitent avec condescendance : des vestiges disséminés et peu spectaculaires qui ne témoigneraient guère de la puissance de la cité que Rome détruisit pour mieux la reconstruire. On se laisse intimider : j'étais passé par Tunis et jamais par Carthage.

En 1858, Flaubert avait fait le voyage exprès afin d'y nourrir sa rêverie de *Salammbô* : « Carthage, écrit-il dans une lettre à Ernest Feydeau, où il y a beaucoup à voir, quoi qu'on dise. » Il faut toujours écouter les vieux maîtres. Encore que, à propos de *Salammbô*, je sois obligé de confesser m'y être pris à deux fois… pour m'arrêter en chemin. Il n'appartient pas à ces chefs-d'œuvre que j'ignore complètement (la liste en serait trop longue et le rouge me monterait vite au front) mais à ceux que je n'arrive pas à terminer en dépit de ma bonne volonté. Autres exemples : *Mrs Dalloway* et *Ulysse,* avec cette différence que l'ennui m'enveloppe dès les premières pages de Virginia Woolf alors que c'est un trop-plein d'enthousiasme — une espèce de saturation de plaisir — qui me freinerait chez Joyce. Pour *Salammbô,* j'ai l'impression que je me tiens à égale distance de l'ennui et de l'enthousiasme. Résultat : à la fin de « La Bataille du Macar », chapitre VIII, je capitule. La moustache du grand Gustave étant toute hérissée de colère, je me rends à Carthage en guise d'expiation.

Neuf heures du matin, un vingt-quatre février. À la grille d'entrée du théâtre antique, je rencontre « Monsieur Mabrouk, guide officiel », ainsi qu'il se présente. Portant une chéchia d'un rouge terni, ce septuagénaire découvre, lorsqu'il sourit, quatre dents espacées que le tabac a rendues jaunes. Pour le reste, Monsieur Mabrouk a bon pied bon œil, une voix formidable qu'il essaie dans l'enceinte dudit théâtre antique où elle résonne comme celle d'un Chaliapine. Aussitôt, en ce lieu passablement rafistolé, quelque chose me retient : de l'herbe folle pousse sur les gradins, signal d'une naissance ou plutôt d'une renaissance. Et voici que le miracle se précise, un peu plus loin, dans le parc des villas romaines. Les ruines ne se hissent pas très haut au-dessus du sol, on croirait qu'elles y complotent en compagnie d'une foule de plantes, d'arbres et de fleurs… Ah ! j'oubliais, il fait très beau, c'est déjà le printemps qui, installé sur la colline, organise la merveilleuse alliance du cyprès et d'un bout de colonne, de l'eucalyptus et de la citerne doublement millénaire, du figuier de Barbarie et de la tombe punique. Devant une telle prolifération végétale qui redonne à la pierre effritée la chaleur de la vie, je me sens menacé par un lyrisme de carte postale. Heureusement, Monsieur Mabrouk est là pour me maintenir dans la simple vérité des apparences, m'offrant quelques feuilles de menthe à froisser entre le pouce et l'index, une branche de romarin et des petits cailloux dont il bourre mes poches sous le prétexte qu'ils proviendraient de mosaïques décomposées. À un moment, il m'entraîne devant une statue de femme dans un assez bon état de conservation : « La femme de l'empereur », dit-il gravement. Je ne demande pas lequel. Puis, avec un air coquin de vieux faune, il contourne la créature pour lui plaquer sa grosse main sur les fesses où il ne tarde pas à guider la mienne : « Bou… bou… bou… ça c'est joli mignon… Même à soixante-dix ans, Monsieur Mabrouk aurait faim… bou… bou… bou… » Bien que les fesses demeurent froides, je ne mets pas en doute son appétit, encore moins ses facultés à le satisfaire. Il galope pendant trois heures, du cirque où on livrait les prisonniers aux lions jusqu'aux thermes d'Antonin, l'ensemble le plus important. Au musée national, quoique l'après-midi soit entamé — il ne fait donc jamais la sieste, Monsieur Mabrouk ? —, il s'intéresse spécialement à une statue d'homme d'aspect athlétique : « L'empereur », proclame-t-il. « Superbe ! » dis-je, après un effort d'imagination (je suis épuisé). Monsieur Mabrouk approuve mollement, au fond il n'est pas d'accord. Il désigne le sexe minuscule : « Bou… bou… bou… » Le même texte que pour l'impératrice mais le ton a changé :

d'admiratif, il est devenu critique. Visiblement il a du mal à comprendre qu'un personnage aussi considérable soit affublé d'un aussi dérisoire attribut : « Bou… bou… bou… qu'est-ce qu'il peut faire avec *ça*, cette limace, ce ver de terre ? » Je risque : « Il y a peut-être un espoir, *ça* doit se développer. » Pas convaincu, Monsieur Mabrouk : « Bou… bou… bou… ne me raconte pas d'histoires… Sa femme n'est pas contente, je t'assure… Tu as mieux que *ça* quand même ? » J'ai la fatuité de répondre oui, ce qui n'est pas faux mais qui, vu les circonstances, ne constitue qu'un mince exploit. Au sourire de ses quatre dents, je sais Monsieur Mabrouk rassuré sur mon honneur en particulier et celui des hommes en général qu'avait mis en péril cette stylisation de la virilité. Lui qui, à l'évidence, possède un héritage de sagesse beaucoup plus riche que le mien, n'a qu'un tort : s'imaginer que le grand art se soucie de réalisme.

5

Malédiction de La Goulette

Roger Vrigny avec qui j'ai fait un bon millier d'émissions de radio et partagé durant trente ans — jusqu'à sa mort en août 1997 — une amitié sans nuage, Roger donc avait l'habitude de dire dès les premières minutes au théâtre ou au cinéma lorsque le spectacle ne lui plaisait pas : « Quand ça commence mal, ça ne s'arrange jamais. » Remarque dont j'ai souvent apprécié la justesse. Pourtant tout a bien commencé ce samedi après-midi : d'excellente humeur, je me suis engouffré dans la gare Tunis-Marine pour y prendre le métro aérien en direction de La Goulette. La rame est bondée d'une jeunesse charmante qui se sourit à elle-même, pas encore certaine de son pouvoir de séduction… mais la malice arrive à grands pas ! Comme elle me néglige — la jeunesse, pas la malice —, je détourne mon regard vers un objet étrange accroché à mi-hauteur sur la paroi du wagon. Une notice explique : « Robinet de secours pour délibération des portes (Casser la vitre.) » Je pense à un livret d'opéra sur le modèle de *L'Enfant et les Sortilèges.* L'enfant, ici, a été oublié dans un train vide qui ne roule plus. Deux heures du matin, il a peur et casse la vitre. Furieuses d'un réveil aussi brusque, les portes tiennent conférence afin de le punir : une suggère de le forcer à manger les morceaux de la glace brisée, une autre de le jeter carrément sur les rails. Leur sadisme fond devant son chagrin, elles deviennent d'ardentes pédophiles, trouvant le moyen de remettre le train en fonction, de prolonger la voie ferrée jusqu'à la chambre du marmot où la porte en chef le couche dans son lit non sans improviser une berceuse inspirée du folklore balinais. Est-ce assez stupide ?

Je descends à la station Goulette Vieille. Marche vivement vers ce que je crois être le centre de la ville, stoppe essoufflé au pied de la casbah, forteresse dont j'ai lu qu'autrefois les corsaires y enfermaient leurs esclaves et que sous le protectorat — vive la France ! — on y parquait les forçats. Je fuis cette prison chargée de mauvaise histoire. Bonne inspiration : de l'autre côté de l'avenue où les voitures filent comme des folles, m'attend, assise sur un muret, une créature de rêve toute prête à damner le saint que je ne suis pas. Je ne vais pas vous la décrire, ça demanderait trop de temps et puis c'est inutile car, à supposer qu'au prix d'un terrible effort j'arrive à rendre sensibles les éléments du charme auquel je succombe, rien ne me prouve qu'il vous enfiévrerait de la même façon. Des goûts et des couleurs... on connaît le refrain. Je renonce aussi à vous renseigner sur le sexe de l'ange, bien que, m'ayant un peu lu, vous sachiez sûrement à quoi vous en tenir. Ne vous occupez plus de moi, songez à vous. Votre créature de rêve — fille, garçon, blond, brune, grande, fluet, au choix —, est assise sur un parapet, vous gratifiant d'un clin d'œil qui ne trompe pas : elle vous drague. Comment réagissez-vous ?

La vérité m'oblige à avouer que pour ma part je refuse les délices offertes, attitude étrangère à mon naturel. Une raison ? L'aventure semble trop facile, l'ange a dû s'envoyer la terre entière… Je passe devant lui, dédaigneux comme le héron de la fable qui, après avoir boudé carpe et brochet, se contente d'un limaçon. Je m'égare non loin du port sur une route sinistre. Le seul type que je croise, je l'interroge poliment : « Le boulevard Roosevelt, s'il vous plaît ? » Il marmonne une explication confuse d'où il ressort que j'ai à rebrousser chemin. J'obéis et m'engage bientôt dans une artère populeuse, la Roosevelt à n'en pas douter, essayant de repérer les restaurants dont mon guide de poche vante la cuisine. J'en découvre plusieurs… aucun de ceux-là. Pas étonnant : au bout d'un kilomètre, je me rends compte que je n'arpente pas la Roosevelt mais la Bourguiba. J'enrage. Un garde national providentiel m'indique le carrefour où je me suis mal orienté. Je pense avoir compris ma faute. Retour au carrefour et nouvelle bévue : alors que la nuit est tombée, amenant un froid aigu qui me contraint à remonter jusqu'au cou la fermeture Éclair de mon blouson, j'atteins le bord d'une plage déserte avec, sur fond de mer noirâtre, un couple de bateaux illuminés. Quelque chose me frôle : un chat roux issu de l'ombre. Je me penche pour le caresser, il m'échappe, je le suis. Il rejoint un deuxième chat roux qui tourne autour d'un objet que je ne distingue pas. Je me penche encore. Horreur ! le cadavre d'un troisième chat gît sur le flanc, les pattes raidies. Les deux vivants ont l'air de renifler son pelage sombre comme cette nuit maudite. Se pourrait-il ? je n'ose l'envisager… se pourrait-il qu'ils aient envie d'y planter les dents, de dévorer sa chair fraternelle ? Si dépeçage il y a, je ne veux pas y assister. Cette absence de curiosité morbide, qu'on la qualifie de sensiblerie, je m'en moque ! Censeur, je voterais la suppression des innombrables séries télévisées sur les mœurs animales où les lions bouffent les gazelles selon les lois sacrées de la jungle, absurdes autant que les nôtres à mon avis.

Me revoici au milieu de l'animation de la Bourguiba. Qui s'avance vers ma personne ? Décontractée, enjôleuse, la créature de rêve et son clin d'œil. Je n'ai qu'à m'arrêter, prononcer un mot, n'importe lequel, et nous nous embarquons pour Cythère, pas l'île réservée aux élégants de Watteau, un endroit de fortune, hangar ou cabane abandonnée. Plus héron que tout à l'heure, je laisse s'envoler l'occasion inespérée. Quand j'ai dit non, c'est non : réflexe de père de famille qui entend sauver sa dignité. Or je n'ai rien à sauver de tel. Serait-ce que, choqué par la tragédie féline, je ne sois pas en mesure de déployer une ardeur amoureuse ? Charabia mental vite contrecarré : je m'échauffe à l'idée de serrer dans mes bras l'ange de chair. Victime non consentante du complexe de saint Pierre, je me jure qu'à la prochaine rencontre, je clignerai de l'œil et dirai oui.

Il n'y aura pas de prochaine rencontre malgré l'acharnement que je mets à la susciter. J'erre à travers La Goulette, réussissant à déboucher, quoique je ne la cherche plus, sur la Roosevelt et ses restaurants. Manger — même du rouget, mon poisson préféré en ce pays — me lèverait le cœur. Je me repose dans un café où les clients se passionnent pour un match de foot commenté bruyamment à la radio. Puis je reprends ma quête : la Bourguiba, la Roosevelt, le quartier de la casbah, le muret de la créature.

Plus de créature, plus de rêve, la solitude et le regret comme châtiment. Un train fantôme finit par ramener ma carcasse épuisée à Tunis. Moralité : ne pas se réjouir trop tôt. Quand ça commence bien, ça peut toujours se déranger.

6

Le vrai Sidi-Bou-Saïd

On a toujours tort, quand on veut donner plus de relief à ses arguments, d'opposer quelque chose (ou quelqu'un) qu'on aime à autre chose qu'on aime moins. On s'oblige à brusquer son opinion et donc à proclamer de grosses bêtises, par exemple qu'à côté de Brahms, Schubert c'est de la bibine et que comparé à Rimbaud, Baudelaire ne vaut pas un clou. Celles-là, je les ai dites avec l'assurance d'un roquet. Je ne les répéterai plus, même si je continue à préférer Rimbaud à Baudelaire et Brahms à Schubert. J'ai lu récemment un pamphlet assez plaisant, mais idiot, où l'auteur dressait Naples contre Venise. Et pourquoi pas New York contre Paris, Roubaix contre Madrid, que sais-je ? Tout est possible à qui s'espère brillant, l'absurde en particulier.

Ce préambule pour repousser la tentation d'exalter La Marsa au détriment de Sidi-Bou-Saïd (je m'abstiendrai sur Hammamet). Si je menais à bien ma petite affaire de démolition, j'aurais les esprits fins avec moi : « On en avait assez d'entendre célébrer ce Saint-Tropez maghrébin — le français, Dieu merci, depuis longtemps plus personne ne s'y risque —, sa colline, ses terrasses, ses maisons blanches, ses portes bleues avec les clous dessus, ses fenêtres à moucharabieh, son café des Nattes où tout ce qui a un petit, un moyen ou un grand nom en littérature et dans les arts est venu boire un thé à la menthe. » Les mêmes gloires ont évidemment connu La Marsa, station voisine, sans la juger digne d'éloges, injustice que je vais essayer de réparer.

Par où commencer ? Par un terrain vague. Je sais, dans le genre poétoque, film Prévert-Carné-Trauner, le terrain vague a beaucoup servi. J'ai un faible pour le poétoque alors que je fuis le poétique, plus huppé. À La Marsa, une fin de journée en mai 1997, c'est d'abord un terrain vague qui me séduit, juste avant la plage et derrière une palissade. Des gosses jouant au foot en colorent la tristesse.

Ils crient quand le ballon est expédié dans les buts désignés par des pierres. Ils s'en fichent que la pluie se mette à tomber, une petite pluie de rien du tout, une bruine qui rafraîchit comme une rosée. Je marche vers la mer : grise, des rouleaux d'écume. Construit sur pilotis, dans l'eau, un restaurant copie la forme prétentieuse d'un bateau blanc en partance vers nulle part. Durant l'été, des hordes d'affamés doivent le prendre d'assaut. Ce soir, déserté, il fait songer à un vieux beau pas beau qui aurait besoin qu'on le console. De même, au bord de la plage, un quartier d'habitations souhaiterait qu'on apprécie sa désuète noblesse. Ses façades y semblent revêtues d'une étoffe passée, un ravalement trop brutal en tuerait le charme. Sur un mur s'avoue la date de naissance : 1914. Ici, on ne triche pas, on accepte de voir s'estomper le temps de la splendeur. J'admire cette élégance que je ne possède pas. À un ami, dont le père a le même âge que moi et qui me demandait le mien, j'ai répondu : « Celui que tu me donnes. » Par politesse ou par astuce ou simplement parce que son bon cœur a trompé ses yeux, il me rajeunit de quinze ans. J'ai approuvé sans rougir. Depuis, au cas où il aurait envie de les feuilleter, j'ai enlevé mes livres des rayons de ma bibliothèque, la biographie succincte des quatrièmes de couverture ne cachant pas mon millésime (à cela je remédierai pour les volumes à paraître).

Remonté vers le centre de La Marsa — la nuit m'y a rejoint —, je m'arrête, à quelques mètres de la place Saf-Saf, devant une autre façade, numérotée 23, qui surgit d'un conte de Poe ou — mieux — de Hawthorne. Lézardée, elle arbore au premier étage un balcon, cinq hautes fenêtres, des fenêtres encore au second. À travers les volets cassés, on distingue le ciel. Plus de plafond, plus de toit, une ruine impropre au logement. Pourtant, en bas, la porte s'ouvre et sort une femme dans ses voiles noirs, toute cabossée : la demeure est hantée ! Qui remarque cette créature réduite par l'âge à l'état de fantôme ? Personne. La ville l'absorbe comme un élément même pas singulier. En apparence, les Tunisiens ne condamnent pas ceux qui tranchent sur leurs habitudes, ils les tolèrent, façon la plus généreuse de les neutraliser. Dans la galerie commerciale protégée par une mosquée au minaret qui a l'air flambant neuf (la chose est illuminée), je me persuade que s'il m'arrivait de me retrouver très seul, ici je me sentirais moins mal qu'ailleurs, oublié mais calme, souriant comme aujourd'hui en passant à côté du *Chauss Palace*, échoppe minable avec quelques paires de mocassins poussiéreux, ou au-dessous de l'enseigne désabusée d'une gargote : *Restaurant du Peuple, repas léger.* Parmi les prolos du coin, j'y aurais mon rond de serviette plutôt que sur le bateau blanc au milieu des étrangers friqués.

À Sidi-Bou-Saïd, un midi, j'ai mangé en plein air une nourriture infâme dans un endroit merveilleusement perché d'où l'on aperçoit la mer. Je ne crois pas que la grillade mixte (morceaux de mou carbonisés) et l'envahissement du territoire par les Japonais me gâchent le paysage. Il est parfait, impeccable comme on le dirait d'un costume. Dans les ruelles plus tard, les maisons blanches, les portes bleues, etc. (je vous épargnerai un nouveau recensement) m'attendent pour l'inspection : une extrême joliesse d'enfant propre et bien peigné. Je m'oblige à aimer, ça ne fonctionne pas, ainsi qu'avec les livres ou les gens vis-à-vis desquels on n'éprouve pas une immédiate sympathie. En réalité je m'ennuie un peu et tâche de savoir pourquoi, exercice vain qui augmente le doute. À La Marsa, je ne me posais pas de questions quand un détail m'attirait : il dopait ma curiosité. Au lieu de m'acharner, je m'apprête à abréger la visite (souhaitons-la plus fructueuse une prochaine fois) lorsque, dans le haut du village, un jeune homme assis sur un parapet me montre du doigt un chemin qui dégringole jusqu'au rivage : « Le vrai Sidi-Bou-Saïd, m'annonce-t-il, c'est par là. » Me prend-il pour un idiot ? Contournant le parapet, je m'engage sur le chemin entre des figuiers de Barbarie et un fouillis d'arbres exubérants. Après deux ou trois tournants où je garde difficilement mon équilibre tant la pente est forte, je découvre sur un banc légèrement en retrait un garçon et une fille en train de se serrer l'un contre l'autre avec conviction. Au tournant suivant, un couple identique. J'en compte une dizaine durant le trajet. Certains, enlacés, ne se désenlacent pas à l'instant où je les frôle. Ces mamours en public ne sont guère fréquents, même à Tunis. Ils me donnent à penser que Sidi-

Bou-Saïd ne reste pas toujours figé sous le glacis des cartes postales. La Marsa, moins pomponnée, a évité un tel piège mais je n'ai pas observé qu'on s'y offrait le privilège de saluer la vie en l'embrassant sur les lèvres.

7

Variété des transports

Les taxis

Tous les chauffeurs de taxi racontent leur vie. Toutes leurs vies se ressemblent. Toutes leurs femmes sont des beautés. Tous leurs enfants travaillent bien à l'école. Tous les chauffeurs de taxi portent une moustache. Tous les chauffeurs de taxi aiment la France. Tous les chauffeurs de taxi aiment l'Italie. Une part non négligeable de la société des chauffeurs de taxi n'aime pas l'Allemagne. Tous les chauffeurs de taxi adorent leur véhicule, notamment s'il a dépassé douze ans d'âge : un bon véhicule se jugeant à l'ancienneté comme un bon vin ou un bon piano. Il est un point sur lequel les chauffeurs de taxi manifestent leur désaccord : le prix qu'ils réclament pour une même course. On a alors la possibilité de comparer un chauffeur de taxi généreux et un chauffeur de taxi avec qui on se sent généreux. Tous les chauffeurs de taxi sont gentils et compétents. À l'aéroport de Tunis, j'ai eu un jour l'occasion d'être embarqué dans une vieille Citroën dont la mécanique me transmettait ses tremblements d'épouvante. Le chauffeur, trop occupé à prévenir l'explosion, erra une heure avant de trouver l'adresse. Empochant mon pourboire, il s'excusa. Il était gentil mais incompétent. Il m'avoua qu'il n'était pas vraiment chauffeur de taxi.

Les trains

Ils progressent dans la plaine à une vitesse d'escargot et leurs passagers y sont en général chargés comme des fourmis. Le bagage le plus répandu consiste en un matelas replié, à l'intérieur duquel on a inséré des vêtements : un gigantesque sandwich qui menace à chaque instant de vous dégringoler sur la tête. Dans les wagons de deuxième classe, j'ai rencontré des femmes voilées et muettes, des filles souriantes et muettes, des garçons indolents et muets que leur walkman faisait voyager loin de ce voyage poussif. Entre Sousse et Hammamet, un étudiant en médecine — paire de lunettes et chaîne en or autour du cou — me parle politique : la guerre du Golfe a été un scandale (j'approuve), la Tunisie s'améliore mais il y a encore pas mal de chemin à parcourir (je m'instruis), les débats de France 2, qu'il suit avec passion, lui semblent un modèle de discussion démocratique (je m'étonne). En tant que docteur en puissance, il s'irrite de la prolifération des fast-foods qui, déversant sur les jeunes une nourriture détestable, accentuent le danger du diabète, déjà patent puisque les Tunisiens mangent par tradition beaucoup trop sucré. Surprise : avant de me quitter, il m'offre un bonbon. « Tu veux m'empoisonner ? » dis-je finement. Sa réponse : « Un petit poison de temps en temps, ça empêche de tomber malade. » S'il ouvrait un cabinet à Paris, je deviendrais son premier client.

Les autobus

Tous les autobus sont climatisés : je m'y suis régulièrement enrhumé. Dans la plupart des autobus est diffusée de la musique arabe bien accordée aux secousses que réservent les nids-de-poule, ornements habituels des chaussées. Une fois, on lui a substitué *Casse-Noisette*, moins probant dans ce contexte. La clientèle des autobus est analogue à celle des trains. On notera que la mère de famille choisit plus souvent d'y bercer son bébé, composant avec lui une image un peu sulpicienne qui me touche lorsque je ne pense à rien de particulier. Entre Kairouan et Tunis, un étudiant — long nez, visage maigre et anguleux — me parle poésie. Il ne s'agit pas d'un étudiant en lettres, il se destine à la vie militaire : au bout de quatre ans, s'il réussit un concours, il aura deux galons et un avenir assuré. Pour l'instant, le futur colonel obéit à son cœur sensible. Après m'avoir récité du Charles d'Orléans, du Marot (je le félicite), il s'exalte sur Lamartine : « Mon poète préféré. Quand je me rendrai en France avec ma bien-aimée, je la mènerai d'abord au lac du Bourget ! » Je lui demande si la bien-aimée est une figure de style ou si elle existe en chair et en os. Elle existe : une amie d'enfance qu'il compte épouser dès que le métier des armes lui procurera de l'argent… au moment des deux galons. D'ici là, il se contentera en sa présence de « sexe léger ». Je dois sourire sans le moindre tact car il me dit : « Ne te moque pas de moi. Je comprends les mœurs des Européens, elles ne me choquent pas. Alors toi aussi, essaie de me comprendre. »

Les voitures de louage ou taxis collectifs

Je ne monte jamais dans une voiture de louage sans me rappeler qu'avant d'entrer sur le terrain, certains joueurs de football se signent afin de se mettre sous la protection du ciel. Si, en me glissant jusqu'à la banquette du fond d'une Renault Nevada (modèle favori des voitures de louage), je ne me résous pas à ce petit geste superstitieux, c'est que mon caractère parpaillot s'y oppose. Il faut savoir que toutes les voitures de louage roulent trop vite. Entre Sousse et Kairouan, nous atteignons le 120 sur une route moyenne dans la monotonie d'une plaine plantée d'oliviers. Le chauffeur a pourtant l'air d'un bon gros gars, pas d'un fanatique de formule 1. À ses côtés, un autre bon gros converse avec lui comme s'il prenait le thé à une terrasse. Au deuxième rang, un couple de femmes — sœurs ou cousines — papotent aussi sans marquer d'inquiétude. Parfois elles tournent vers moi de magnifiques yeux noirs. Envie de profiter de la sympathie amusée qu'elles me témoignent pour les avertir charitablement : « Mesdemoiselles, dirais-je, je ne voudrais pas vous alarmer… à cette allure nous courons à l'abîme ! » Inutile : les innocentes ne me croiraient pas. En désespoir de cause, je me rabats sur mon voisin. Étant donné sa position, pareille à la mienne — recroquevillé dans un espace plus exigu que les oubliettes du roi Louis XI —, il s'apercevra que, sans possibilité de sortie — sauf par le coffre à bagages —, nous serions faits comme des rats si la Nevada s'amusait à des cabrioles parmi les oliviers. Je murmure : « À mon avis, nous devrions ralentir. » L'homme me regarde avec embarras. La rudesse de ses traits, accusée par les rides, s'efface dans un sourire. Je ne sais pas l'âge qu'il a, le mien peut-être. Je le devine solidaire. Il prononce quelques mots d'une langue qui n'est ni l'arabe ni le français puis, à mon expression déconfite, il se ferme la bouche en appuyant le pouce dessus. Je comprends qu'il ne m'a pas compris et que je ne le comprendrai pas. Il fouille dans un sac en plastique d'où il retire un long objet qu'enveloppe du papier journal. Il n'a pas des mains d'artiste, plutôt des mains que des travaux au soleil ont noircies et striées. L'objet qu'elles découvrent : une baguette de pain. L'homme la rompt. Moitié à moi, moitié à lui. Il attend que je commence à mordre pour s'y mettre à son tour. Pendant que nous mangeons, nos crânes tapent à chaque cahot contre le toit de la Nevada qui fonce comme une folle échappée de l'asile. Alléluia !

8

Fragments romains

Il m'arrive d'avoir une fringale de musées. C'est physique comme l'envie de faire l'amour et culturel comme le désir d'apprendre. À un tel élan je ne résiste pas, encore qu'il me conduise parfois à l'insatisfaction. Ainsi à Tunis, le Bardo m'a quelque peu déçu. D'abord je trouve mastoc cet ancien palais beylical. Ensuite, à cause d'une matinée pluvieuse, l'intérieur est si sombre que les mosaïques romaines en pâtissent, affligées toutes d'un teint terreux qu'elles ne conservent sûrement pas dans une jolie lumière. Enfin je voulais y saluer Virgile — Virgile assis entre Melpomène et Clio, souvenez-vous de la reproduction dans votre premier livre d'histoire latine —, eh bien Virgile me dédaigne : en compagnie de ses deux muses, il a foutu le camp pour je ne sais plus quelle exposition de prestige ! Je me console avec *Neptune et les quatre saisons* : sur son char de triomphe tiré par des hippocampes cabrés, il a grande allure. De même que Persée dans *Persée et Andromède...* au sujet d'Andromède, la pauvre, je ne me prononce pas : elle n'est parvenue jusqu'à nous qu'en perdant une bonne partie de sa tête. Mais le monstre marin, vers le bas à droite, semble au complet. Tout cela très beau évidemment, ainsi que, en de multiples, en de répétitifs exemplaires, des scènes de la vie quotidienne et de la vie rêvée... chasses et pêches... héros mythologiques et simples mortels... oiseaux, lions, une faune variée... tiens, un monstre de nouveau : un vilain poisson qui dévore un malheureux nageur ! J'ignore s'il est repu, moi je le suis : j'ai avalé trop de mosaïques d'un coup.

Au musée d'El Djem en revanche, je n'en déguste qu'au compte-gouttes. Il faut dire que c'est une bonbonnière, ce musée. Cette fois m'attendent Melpomène et Clio au milieu de leurs sept copines mélancoliques, Silène ligoté par des enfants (dans les coins sont disposés des cratères d'où jaillissent, en bouquets, des ceps de vigne qui envahissent l'espace), Orphée s'apprêtant à jouer de sa lyre afin d'apprivoiser des animaux sauvages déjà pacifiques (même les tigres !). Le charme commence à opérer, je souhaiterais le prolonger par la contemplation d'autres œuvres… il n'y en a plus.

Entre l'excès de richesses et la parcimonie, le musée de Sousse a choisi l'exacte mesure : quelques salles autour d'un jardin, qui proposent assez de merveilles pour répondre à mon appétit. Parmi mes préférées, un second *Neptune* — ah ! l'écharpe qui s'envole de son corps d'athlète…, une *Toilette de Vénus* — Vénus, au centre, n'est pas mal mais, sur les côtés, trois superbes visages de femmes qui scrutent l'horizon lui ravissent la vedette —, un *Enlèvement de Ganymède* — pas de quoi l'enlever, le jeune berger à la cuisse abusivement dodue… l'aigle ne partage pas mon opinion : son œil égrillard réjouit —, les sympathiques *Satyre et Bacchante* — ils folâtrent : elle le repousse avant de danser avec lui… et de sauter dans une mosaïque voisine (consacrée à Dionysos) où, plus mignonne s'il se peut, elle frappe sur un tambourin — … je m'arrête par crainte de vos bâillements. Passez-moi une dernière extase : la *Tête du Dieu Océan* : un barbu malicieux avec des pinces de langouste qui lui sortent du crâne, dans un environnement d'aquarium où dominent les poulpes.

Lorsqu'on monte au-dessus du musée, sur les remparts de la casbah, on découvre l'ensemble de la médina jusqu'à la mer : des terrasses d'une blancheur de lait, des volets bleu ciel, des murs dorés par le couchant... je suis mûr pour rédiger le dépliant d'un syndicat d'initiative. L'endroit a dû susciter ce genre de littérature. Une dizaine de Français viennent de débouler, bruyants et sans gêne, purs produits de notre exportation. Je me prépare à filer quand une boulotte façon veuve joyeuse m'apostrophe : « Ah ! monsieur, rendez-moi service, mettez-vous sur la photo avec moi. À Grenoble, au bureau, on croira que j'étais accompagnée... » Elle confie l'appareil à une amie et, clic-clac, nous sommes compromis sur le fond décrit plus haut. J'ai pris mon air fin, en général désastreux, et elle une mine joviale. En fait, elle est beaucoup moins contente qu'elle ne le paraît : « Tuant, monsieur, ces vacances ! m'explique-t-elle. Une semaine d'enfer, ils appellent ça un voyage organisé… Excursion matin et soir, pas une minute de tranquillité… Avant-hier, imaginez qu'ils nous ont mitonné une nuit sous la tente au bord du désert. Ping ! une tempête. Résultat : la tente n'a pas tenu, on nous a rapatriés à l'hôtel. Nous menons une vie de chien ! » Je m'attendris sur son sort au point de l'embrasser sur les joues en lui murmurant : « Courage ! » À cet instant, le guide donne le signal du départ : « Qu'est-ce que je vous disais… même pas un répit pour discuter. Ah ! monsieur, vous avez une sacrée veine d'être seul ! »

Dieu merci, je ne suis pas seul, sauf de temps en temps, en guise d'exercice : apprentissage d'un état que j'aurai peut-être à affronter un jour dans sa permanence et dont la pensée me terrifie. Descendant vers le port de Sousse, je me sens plutôt d'humeur sereine. La ville m'a plu, le musée m'a plu, la brave dame m'a plu. Au port, ça se gâte. Je m'assieds sur un banc entre la voie ferrée — ligne Tunis-Sfax — et la mer. Et qu'est-ce que j'aperçois alors que les lampadaires s'allument ? Un cargo à la coque couverte de rouille. J'y reconnais symboliquement mon reflet. Voilà à quoi je ressemble : à un cargo pourri qui ne tardera pas à couler. C'est soudain une telle évidence que ma gorge se noue et que, si j'en avais à ma disposition, mes larmes déborderaient. Maudite cyclothymie ! Je ne contrôle pas mon fatal dérapage : du bien-être au malaise et du malaise au désespoir. Je demeure prostré sur mon banc. Une larve. Même plus la force de me haïr…

Par chance, le vent se lève et la larve a froid. Neuf heures et demie : une éternité que je me gèle les fesses… Réagissons ! Mon estomac se réveille : j'ai faim. Finie la fringale des musées, place à la fringale tout court. Pas loin du port, je tombe sur le restaurant du Bonheur, au nom plein de promesses. Dès la porte franchie, je redeviens un homme allègre. Charmante cyclothymie ! En l'honneur des poulpes qui entourent la *Tête du Dieu Océan*, je commande ces mollusques en salade et — pléonasme culinaire ? — je leur adjoins des calmars sautés à l'ail. Un régal. Je vous conseille l'adresse, notez-la : Restaurant du Bonheur à Sousse. Mon repas terminé, je me dirige vers les toilettes. Un bonheur n'est jamais parfait. Dans ces toilettes, fort bien tenues, sont affichés quatre dessins humoristiques. Le premier représente un type sur le trône. Le deuxième, le type qui pousse, pousse... il est tout rouge. Au troisième, il explose, son derrière expulsant des flammes en forme de fusées. Dans le quatrième, les toilettes explosent à leur tour. D'ailleurs cet ouvrage délicat, cette dentelle de l'esprit, s'intitule : « *Exploding toilets.* » On y a ajouté la mention : « Artist : Paul Richardson. » Oubliez l'artiste. Si vous allez au Bonheur, évitez les W.C. Non : entrez-y au contraire et arrachez l'abjection. Déchirez-la en mille morceaux que vous noierez dans la cuvette. Faites ça pour moi. Ou pour l'amour des mosaïques romaines.

9

El Djem,
imprenable camp retranché

Je me souvenais avoir lu sous la plume de Gabriel Matzneff une évocation de l'amphithéâtre d'El Djem. Dans quel livre, je ne savais plus. Je reprends les volumes de son *Journal*, ses récits, les feuillette un par un, m'offre le plaisir de m'attarder à certains passages mais El Djem n'y pointe pas le bout du nez (si on peut dire ça d'un édifice aussi majestueux). Je téléphone à Gabriel : « Tu as bien écrit sur El Djem, je n'ai pas rêvé ? — J'adore El Djem, évidemment j'ai écrit dessus. » Pris au débotté, il ne se rappelle pas non plus où, il va chercher. Une semaine après, il avoue son échec : « J'ai trouvé une ou deux allusions alors que j'étais convaincu d'avoir au moins une page sur le sujet. Mystère et confiture. »

Nos mémoires avaient-elles flanché de

concert ? Il est possible que, Gabriel m'ayant parlé d'El Djem, j'aie cru lire ce que j'avais entendu et que lui, qui note les faits et gestes de sa vie dans des carnets noirs régulièrement publiés, n'ait pas envisagé une seconde qu'il aurait pu omettre ses impressions sur un endroit auquel il était attaché. J'inclinerais à penser que le temps recrée dans nos têtes, quand il ne l'invente pas entièrement, une partie de la réalité vécue jadis ou naguère. Gommant un détail, en grossissant un autre, il accomplit à notre insu l'œuvre d'un romancier. Lorsqu'un auteur de profession nous rapporte, à un demi-siècle de distance, ses émois d'enfant, ses premières amours, l'habituel tralala, il s'abuse sur la sincérité qu'en général il affiche. On avoue sans délai ou on n'avoue plus, on maquille. Sous le masque toutefois peut se cacher une image de la vérité que seul le grand artiste arrive à révéler.

Le grand artiste ne chausse pas toujours de bonnes lunettes. Ainsi, à El Djem, le père Gide avait une taie sur les yeux. Voici ce qu'en retient, dans *L'Immoraliste,* Michel le narrateur : « L'amphithéâtre, en quelques instants parcouru, me déçut ; même il me parut laid sous ce ciel terne. » Cher vieil André, je demeure abattu par cette condamnation sans aucune preuve sinon celle, bien lourde, de ta légèreté. Pour ne pas subir à ton tour ma condamnation, il aurait fallu enregistrer exactement l'inverse : « L'amphithéâtre, longtemps parcouru, me plut ; même il me parut sublime sous ce ciel lumineux. » Car l'après-midi de mai où je découvre la merveille romaine, le ciel m'offre un bleu uni... pas un bleu clair... un bleu sombre ? encore moins... profond ? je renonce à un adjectif si vague.

Déjà écrire ce n'est pas drôle mais décrire c'est l'enfer. J'admire les courageux qui s'échinent à transposer méticuleusement un paysage dans leurs phrases, tout en constatant que, à de rares exceptions près — un Stevenson, un Gracq —, ils m'ennuient : plus ils fignolent le détail, plus la vision dont ils souhaitent m'éblouir s'échappe. La forêt s'épaissit, la montagne s'écroule et je saute la page. Alors, assis sur un gradin à mi-hauteur des ruines gigantesques d'El Djem, je me désole de mon impuissance à vous communiquer mon émotion. Pauvre littérateur avec mes pauvres mots, combien j'envie les peintres en ce moment ! Piranèse, Hubert Robert se seraient ici distingués et, dans notre siècle, Eugène Berman spécialiste des rêves d'architecture, mon ami Claude Verdier — absent du voyage actuel : je le regrette et l'inviterai au prochain —, Claude qui, comme il l'a déclaré dans une interview à Pierre Boncenne, tisse sur le papier un piège de lignes afin que s'y laisse capturer un peu du secret des choses. Un secret on le fait sentir, il ne s'explique pas. Une fois que je vous aurai dit qu'au-dessus de l'arène ovale se dressent trois rangées d'arches à moitié démolies, vous ne serez guère plus avancés et moi pas davantage. Je décide de chercher secours auprès des deux guides enfouis dans mon sac avec l'appareil photo, *Le Guide du Routard* au style pas assez surveillé et *Le Guide Gallimard* au style trop surveillé. Résultat : pas de style du tout mais ce qu'on leur demande d'abord ce sont des renseignements. Que racontent-ils à propos d'El Djem ? Gallimard se montre intarissable sur la fondation de l'antique Thysdrus dès l'époque punique (IIIe siècle av. J.-C.). Le Routard la mentionne à peine. Et l'effet produit par l'amphithéâtre ? Gallimard est frappé par « le spectacle saisissant » : « Il semble brusquement surgi de nulle part. » Le Routard salue « l'apparition insolite qui vous surprendra comme celle de la cathédrale de Chartres au milieu de la Beauce ». Il y a de ça : la plaine alentour très casse-pieds ne sert qu'à mettre en valeur l'improbable édifice. Elle mériterait qu'un Péguy s'intéresse à elle. Continuons la lecture : « Haut de 36 m, large de 124 m et long de 149 m… », prétend Gallimard alors que le Routard assure : « 36 m de haut, 148 m de long, 122 m de large… » Que se passe-t-il, messieurs, vous délirez ? Une différence d'un mètre en longueur et de deux en largeur, accordez vos violons ou ne m'embêtez plus avec vos mesures à la noix. Dites seulement : c'est haut, c'est long, c'est large et ça suffira. Non, ça ne me suffit pas. À vous non plus sans doute. Tant pis, je renonce. En guise de consolation, une fois les guides inutiles rangés au fond de mon sac, j'en extrais l'appareil photo et aussi pitoyable que les visiteurs qui ne savent pas voir mais veulent à tout prix conserver ce qu'ils n'ont pas vu, je mitraille le vieux monument. Rentré à Paris, j'examinerai dans le calme et une par une les images recueillies : il y aura bien quelques éléments dont j'arriverai à donner une idée, même floue. Ce recours me sera refusé car, ayant mal introduit le rouleau dans le chargeur — il n'existe pas de geste innocent —, la pellicule ne sera pas impressionnée. J'ignore cet échec lorsque, rassasié d'escalades, de descentes, de risques de chute sur un éboulis, de repos à l'ombre d'un mur effrité, je sors de l'enceinte comme un général vainqueur. Vainqueur et crevé. Dans la rue principale du bourg, je m'effondre sur la première chaise de la première buvette. Je meurs de soif. Un garçon inexplicablement blond s'approche : « Je te conseille mon jus d'orange, de l'orange pressée, pas du machin fabriqué, c'est plein de vitamines et très bon pour l'amour ! » Pendant qu'il va préparer son nectar, la cause de mon émotion se manifeste à la façon d'un miracle. Quand, tout à l'heure, j'étais assis sur mon gradin, en face de moi s'élevait du sol la porte par où devaient entrer autrefois les gladiateurs. Or, qu'y a-t-il derrière cette porte qui semble annoncer la nef d'une église romane ? Le noir, un noir absolu. Au-dessus d'elle, en revanche, c'est le triomphe de ce bleu du ciel que je laisserai définitivement sans adjectif : présent sous chaque voûte ainsi qu'une promesse de paix éternelle. Si l'on passe par la porte du bas — et les cadavres des gladiateurs tués au combat évidemment y sont passés — a-t-on une chance, englouti par les ténèbres, de remonter vers la clarté ? Sur mon gradin, j'étais placé à une courte distance de la frontière mystérieuse que je franchirai un jour, après une maladie ou un accident, comme tout le monde. Pas de traitement de faveur : la porte noire m'a fait signe.

Ne pensons plus à notre fatal avenir et calmons notre grande soif. « Les vitamines de l'amour », répète le blond — blond jusqu'aux sourcils, une curiosité vraiment — en me tendant de la main à la main le verre de jus d'orange. Je me jette sur le breuvage avec un désir si peu maîtrisé que j'avale la pulpe en même temps que le liquide. Le verre vidé, le blond espère un compliment : « C'est sucré, dis-je, et tiède… » Le blond complète : « Les oranges ont mûri au soleil. » Avant qu'il me propose une seconde dégustation, je fuis, la gorge poisseuse, le cœur au bord des lèvres.

Près de la gare, à l'Hôtel Julius où j'ai

réservé une chambre, règne une certaine animation : des employés traversent le hall avec des cartons de gâteaux tandis qu'une femme balaie sous la surveillance débonnaire d'un supérieur qui, coiffé d'une casquette et vêtu d'un costume violine, est le portrait craché d'Emil Jannings dans *Le Dernier des hommes* de Murnau. Je lui demande si je peux me désaltérer. Rien de plus facile, l'établissement possède un snack-bar : il prononce « chnack-baaar » en m'adressant une œillade encourageante. Il s'agit d'une pièce sinistre comme un réfectoire. « Vous serez mieux dans la cour », dit Emil Jannings qui m'a conduit jusque-là : nouvelle œillade appuyée à l'instant où il m'y abandonne (la cour jouxte le chnack). Les tables à l'ombre, contre les murs, sont occupées par des groupes de trois ou quatre types plutôt avachis et fort laids qui sirotent leur Celtia, bière en vogue dans le pays. Inquiétante, la quantité qu'ils en ingurgitent : une vingtaine de bouteilles décapsulées à chaque table. Mon intrusion ne trouble pas cet aréopage d'ivrognes et, pour les déranger moins encore, je choisis une table à l'écart, loin de l'ombre. J'ai envie d'une eau pétillante, la Garci par exemple, dont j'ai fait une cure depuis deux semaines. Alors qu'en France je mange et bois sans précaution, je me soumets en voyage à un régime austère : un repas par jour et pas d'alcool. En général je m'y tiens car ça ne me coûte pas d'effort. J'en conclus fièrement à la santé mentale et physique de ma personne qui, non esclave de ses habitudes, de ses plaisirs, s'en débarrasse selon sa volonté. C'est flatteur de se sentir un peu ascète, pas trop : il ne faut pas s'imaginer petit saint parce qu'un soir on se surprend à prier. La solitude favorise le glissement vers l'abstinence et l'autosatisfaction. Quelle tristesse au contraire que de s'empiffrer dans son coin sans la chaleur d'un regard complice ! L'onanisme des papilles gustatives, je le condamne plus que l'autre, corvée parfois nécessaire en période de disette. Je me souviens du spectacle désolant que m'offrit un voisin célibataire chez qui j'apportais une lettre qu'on avait à tort déposée dans ma boîte : la serviette autour du cou, il s'acharnait sur une demi-langouste qu'accompagnait une demi-bouteille de champagne. Je fus à deux doigts de lui dire : « Versez-m'en une coupe, mon vieux. Le champagne pétille quand on trinque. » Je n'osai pas et lui, qui avait l'égoïsme du malheur, s'y résignant comme à une maladie incurable, ne me convia pas au partage.

Dans la cour du Julius, je romps avec mon programme amaigrissant — d'effet médiocre d'ailleurs — en réclamant une Celtia. On m'en ramène deux. Repousserai-je la seconde ? Ce serait aller à rebours de la règle du lieu où la bière fonctionne par couple, je m'en aperçois aux incessantes commandes des habitués. Et puis, lorsqu'on a le gosier aussi asséché que le Sahara, trois quarts de litre représentent pour le corps une délicieuse promesse d'irrigation. La Celtia mûrit-elle au soleil avec les oranges ? Je serais prêt à le jurer et que, hormis un gobelet de Vichy — Saint-Yorre ou Célestins, je ne sais plus — empli à la source, rien au monde ne m'a autant écœuré. Titubant, moite, je regagne ma chambre située à l'étage, dont la fenêtre ouvre sur un patio où l'on installe, à côté d'une estrade, des tréteaux que l'on décore de bouquets de fleurs. Après une douche, je m'étends sur le lit : sommeil de brute immédiat.

Un coup de feu pulvérise mon repos.

Mais, tout de suite après, la voix d'un chanteur adoucit mes retrouvailles avec la réalité. Dans le patio, c'est déjà la nuit. Sur l'estrade, derrière le chanteur, un quatuor de musiciens souligne les volutes de la mélodie plaintive qui m'attire comme une invitation à l'amour. Je n'y résiste pas, dégringole vers ce patio en fête où Emil Jannings filtre les arrivants : « Un mariage, me dit-il. Soyez le bienvenu. » Me voilà debout au milieu des jeunes villageois, la plupart en chemises blanches, certains parfumés à l'excès, tous contemplant admiratifs les familles des époux réunies autour de l'orchestre : les anciens assis pendant que des hommes en pleine force de l'âge, dûment moustachus et tirés à quatre épingles, dansent sans s'effleurer mais en esquissant les lascifs mouvements de bras des houris baudelairiennes. « Où est la madame ? » Cette question que m'a posée récemment un vendeur de chewing-gums sur le bac de Djerba — à ma réponse : « Restée à la maison », il m'a tapé sur l'épaule en rigolant : « Tu es un malin, toi ! » —, je souhaiterais la reposer ici puisque l'élément féminin brille par son absence. Qu'a-t-on fait de la mariée, de sa mère et de ses sœurs ?

La chanson s'achève, je vais me renseigner avant que la prochaine rende impossible toute conversation. Raté : un énergumène en smoking bondit sur l'estrade, catégorie animateur de jeu télévisé. Aucune idée du sens de son discours hurlé en arabe au micro avec une véhémence qui frise l'hystérie. Espère-t-il qu'on le plébiscite comme l'abject dictateur autrefois à Nuremberg ? Est-ce parce que le public, résolument pacifiste, voire amorphe, n'obéit pas à ses vœux qu'il se livre, au moment où la musique recommence, à des déhanchements que même les houris baudelairiennes ne se seraient pas autorisés ? Il n'obtient pas d'ovation, à peine quelques moues apitoyées. Alors il brandit au-dessus de sa tête un revolver et tire en direction des étoiles. Ce débile profond a été responsable de mon réveil. Si, navré de son insuccès, il décidait de retourner l'arme contre lui, j'applaudirais à son suicide. Pas d'illusion, hélas : on reconnaît l'idiot au fait qu'il s'obstine dans ses idioties. Je m'échappe de l'enfer. « Ça ne vous plaît pas ? » interroge Jannings au passage. « Trop de bruit et moi, le bruit… » On m'a raconté que, bébé durant la dernière guerre à Nîmes, je pleurais dès que se déchaînait, en prévision des bombardements, la sirène des alertes. Au lycée, un adolescent de ma classe, qui m'avait pris en grippe, me lança un pétard dans les pieds et je pleurai aussi, à ma grande honte, après l'explosion. Aujourd'hui encore, il suffit qu'un mauvais plaisant me crie « hou » à l'improviste pour que je frissonne de terreur… Renseigné au sujet de ma faiblesse, le sympathique Jannings n'afficherait pas un tel air désappointé, il me plaindrait.

La rue déserte d'El Djem me mène à l'amphithéâtre, masse énorme qui se fond dans la nuit. À cette heure on ne peut y accéder. Il semble plus imprenable que jamais, à moins qu'il ne serve de refuge, au-delà de sa porte noire, à la promise ne voulant pas prostituer son corps de vierge dans la fête vulgaire dont la musique, apportée en vagues par le vent, annonce un coït au son du revolver qui tuerait définitivement en elle tout élan de tendresse, tout rêve de beauté.

10

La Tunisie profonde

On m'avait dit : « Si vous voulez connaître la Tunisie profonde, loin des itinéraires balisés de la consommation touristique, c'est au Kef qu'il faut vous rendre. » Quelques photos m'avaient mis l'eau à la bouche : une ville, un gros bourg, accrochée à une colline, avec la plaine qui dort au-dessous. À proximité, il y aurait, paraît-il, quelques forêts de chênes-lièges. Dès que j'entends parler de chênes-lièges, une sainte colère m'anime. Ma famille paternelle en possédait un champ dans le sud de la Corse. La légende veut qu'à la suite de travaux où l'on mouillait sa chemise mais dont j'ignore tout, ces arbres bienveillants fournissaient des bouchons de la meilleure qualité qui assuraient d'honnêtes revenus. Hélas, vers les années 50, sous le prétexte de la modernisation, les commandes cessèrent et voilà pourquoi, une fois sur quatre, le vin qu'on vous verse au restaurant sent le bouchon, un bouchon moisi de n'être plus fabriqué artisanalement. Depuis, le champ est resté à l'abandon. Ne l'ayant pas connu vivant et productif, je ne souhaite pas le visiter figé en cimetière. Au contraire, la vue d'une forêt en pleine forme, signe de renaissance après une période sinistre, me réjouirait le cœur.

Un autre détail m'attirait. J'avais lu qu'au Kef le nom des rues n'était pas écrit en français. J'aurais l'impression de me croire davantage à l'étranger. Je suis trop à l'aise en Tunisie au point d'oublier que je viens d'ailleurs. Un jour, dans une rue de Sousse, un type m'aborde d'une phrase que je ne comprends pas. Devant mon air étonné, il s'exclame : « Tu n'es pas tunisien ? Tu ressembles à un Tunisien, alors je te parlais en arabe. Excuse-moi. » Cette satisfaction de donner le change, de me glisser tel un acteur dans une peau qui n'est pas la mienne, outre que je finis par penser qu'elle est la mienne, offre un inconvénient majeur : elle me conduit à la paresse. Je n'observe plus rien puisque je me retrouve comme chez moi au milieu d'une foule qui me réchauffe dans son cocon fraternel. Inutile de voyager si l'aventure tourne au confort. Au Kef, rôdant sans un panneau pour me guider, un peu ivre de l'illusion de me perdre, j'accorderais plus d'attention au mystère d'une Tunisie moins proche, moins facile, où des fantômes viendraient peut-être à ma rencontre comme dans *Nosferatu*, l'un de mes films préférés.

J'ai fait trois tentatives vers le Kef. La première à partir d'El Djem. Près d'un square à la végétation rabougrie, somnolent des voitures de louage. Aucune ne prend la direction souhaitée : « Personne n'y va, dit un chauffeur assis sur le capot de son véhicule. Cinq clients d'El Djem au Kef, ça n'a jamais existé. Avec quatre seulement je serais d'accord pour t'emmener mais il n'y en a jamais eu quatre non plus. Qu'est-ce qui t'attire là-bas ? » Guère désireux d'expliquer mes raisons, je le quitte et me plante à quelques mètres en espérant qu'une nouvelle voiture me portera secours. Il me laisse cuire au soleil un bon moment avant de me rejoindre : « Si tu tiens tant au Kef, mon cousin peut s'occuper de ton problème. » Il me le désigne qui lit le journal sur un banc du square. Ce doit être un cousin à la mode de Bretagne, bedonnant et poilu alors que le chauffeur s'affiche svelte et imberbe. Ils se consultent, tombent d'accord : le cousin accepte bien de se charger de moi : « Il possède une Mercedes, tu seras comme un prince sur la banquette arrière. » Combien me coûtera ce traitement de faveur ? Un prix astronomique qu'un laborieux marchandage arrive à amputer du tiers. Je pourrais me passer pareille petite folie, la perspective de figurer en gogo plein aux as m'en détourne. « Je renonce », dis-je. Les comploteurs n'insistent pas, le gros prétendant même que ça lui aurait compliqué la vie cette histoire du Kef : « Et puis tu te serais ennuyé, il n'y a pas d'hôtel avec assez d'étoiles. » Je me moque des étoiles, je sais rester spartiate, enfin une nuit de temps en temps.

La deuxième tentative eut lieu une semaine plus tard. J'étais à Kairouan — donc à une moindre distance de ma destination, regardez la carte — dans les parages de la gare routière. Endroit vraiment laid, bondé de bagnoles qui puent en soulevant une poussière collante autant que de la suie. Vous ajouterez les coups de klaxon, la bousculade généralisée, et vous aurez une idée des délices où courageusement je plongeais : un slalom sac au dos parmi les valises posées par terre à côté des enfants et des femmes tandis que les pères répondaient par des cris aux cris des loueurs : « Tunis… ici pour Tunis… Gafsa… Gabès… oui Gabès… Sfax ! » Je poussai un cri de ma façon : « Le Kef ! » Nul écho. Sans doute avais-je économisé mes forces vocales. Je hurlai franchement : « Le Kef ! » Il me sembla qu'un silence de stupéfaction s'installait sur la place. Les gens et les autos n'osaient avancer, ni la poussière voler. Profitant de cette parenthèse de paix tenue comme en suspens, surgit juste devant moi le plus horrible monstre dont j'aie jamais croisé le chemin. Imaginez une bouche grimaçante au bas d'une tête énorme qui s'accroche à un corps difforme que propulse une béquille doublant une jambe atrophiée. Je sais, tous ces adjectifs ça ne fait pas du beau style, ça en fait même de l'affreux… du moins est-il adapté à la créature de l'enfer. « Tu veux aller au Kef, ah ! tu veux aller au Kef ? » Le voilà qui m'apostrophe d'une voix haut perchée, évidemment stridente, une vrille ou plutôt une lame de rasoir pour me déchirer les tympans. « Viens, suis-moi, j'ai un taxi luxe ! » Une Mercedes ? Serait-ce la Bentley d'un roi du pétrole, je refuserais. « Quatre-vingts dinars… soixante-dix… » Il m'agrippe par le poignet, je me dégage, essaie de lui échapper. Il me talonne, jouant de sa béquille avec une virtuosité que j'admirerais en d'autres circonstances. « Ne pars pas ! » Je cours, je file, je l'ai semé. Erreur — et sortilège inexplicable — il se représente de face, la béquille brandie : « Au Kef, au Kef, tu iras au Kef ! » À l'intérieur, sous ma peau, dans mon sang, ma lymphe, où l'on voudra, la révolte gronde et une certitude s'incruste : je n'irai pas au Kef, à aucun prix, surtout pas au sien. Il éructe : « Les taxis m'appartiennent. À moi celui-là et à moi celui-là ! Ils sont à moi, tu entends ? À moi ! » Je pique le sprint du désespoir, prêt à me fourrer dans l'unique taxi qui ne serait pas à lui et me ramènerait au centre de Kairouan. Par bonheur la découverte du hall de la gare routière abrège mes recherches : au guichet, j'achète un billet pour Tunis que, délivré, je regagnerai bientôt dans un bus climatisé.

À mesure qu'elle s'écartait de la réalité, la collision avec le gnome ne m'apparaissait plus sous des couleurs aussi sombres. Curieux travail de la mémoire : elle troque l'aigu, l'acerbe, contre le mou, le nuageux. Je ne prétends pas qu'elle avait métamorphosé le pantin funeste en Ariel ou en Puck, elle s'était bornée à estomper son aspect menaçant. Un disgracié dépourvu de violence adresse un signe à notre cœur qui ne manque pas de pitié, sentiment le mieux partagé au monde, y compris chez les cœurs secs. Je me souviens qu'un acteur, que son physique ingrat du type Valentin le Désossé cantonnait dans les films à de minces rôles de tueurs, prenait dans la vie une magnifique revanche, entouré de jeunes filles séduisantes dont certaines ne dédaignaient pas sa couche. Comme je m'étonnais auprès de l'une d'elles, j'obtins ce commentaire : « Il n'est pas vraiment mignon mais quel charme ! » Pour ma part, j'aurais volontiers serré la main du monstre de Kairouan, brave homme qui luttait avec courage contre la mauvaise fortune, en le priant d'excuser un malaise que je ne ressentais plus.

Tabarka fut le théâtre de ma troisième tentative. Je parlerai dans quelques pages de ce port trop station balnéaire durant l'été mais délicieux en hiver et au printemps. Rendu plus exquis encore par un rebelle de dix-huit ans nommé Djamel dont je parlerai aussi. Bref, j'y coulais des heures que rien ne m'obligeait à interrompre sinon le trouble-fête endormi en moi et qui se réveille à l'instant où il suppose que j'en ai assez profité : « Allons, me souffla-t-il, ressaisis-toi. Ne t'amollis pas à Tabarka comme à Capoue l'armée d'Hannibal. De la satisfaction béate on glisse vite vers l'ennui. Lève le camp avant qu'il ne s'insinue dans ta cervelle et la ronge, détruisant une par une les choses joyeuses. Savoir dire adieu lorsque tout est au beau fixe : un des secrets de la sagesse. Tu ne crois pas que le moment serait idéal pour te carapater au Kef ? » Mon trouble-fête est un raisonneur qui m'agace énormément car j'ai une fâcheuse tendance à l'approuver. Djamel et moi buvions une bière à la terrasse d'un café. C'était une fin de journée, nous regardions la mer après avoir beaucoup discuté. Une barque immobile, un seul nuage presque rose (effet spécial d'un soleil non aperçu), derrière nous des maisons muettes, une brise iodée telle que j'en respirais enfant au Grau-du-Roi, nos sourires, notre entente, que demander de plus ? Justement, pas un gramme de plus pour le bonheur sinon il basculerait dans le confort… à nouveau ce conflit du confort et de l'aventure, leitmotiv enrageant. « Demain, dis-je à Djamel, je me rendrai au Kef. » Reprenez la carte, vous constaterez que je m'en étais encore rapproché. Un bus me mènerait à Djendouba où j'aurais l'embarras du choix pour monter dans une voiture qui cahoterait en direction de la Tunisie profonde ! « Tunisie profonde, dit Djamel, qu'est-ce que tu en as à faire de la Tunisie profonde ? Tu tiens à t'y enterrer ? — Non, je veux… » Inutile de lui expliquer. D'ailleurs je n'avais plus la foi, incapable de justifier une prétention à l'étude systématique d'un pays parcouru à plusieurs reprises en quatre ans. J'en demeurerais le spectateur, exactement l'amateur, celui qui aime la pièce qu'on lui joue sans comprendre comment elle est construite et sur quelle énigme elle repose.

Quand la nuit enveloppa Tabarka, je dis à Djamel : « Si on allait dîner ? — Bonne idée, je commençais à avoir faim. » La Tunisie profonde ne résista pas à notre appétit.

11

Paix de Bizerte

Dans un album de la collection *Sites et monuments* consacré à la Tunisie et publié en 1902 par le Touring-Club de France (remarquables photographies en noir et blanc), voici ce que prophétise, en parlant de Bizerte, la plume colonialiste d'un certain Onésime Reclus : « Le futur Brest et Toulon de la Méditerranée néo-française. » Je ne sais si elle le fut vraiment. En tout cas, sous le protectorat, elle eut son arsenal et les Français y restèrent après l'indépendance : en 1961, notre armée y fit un millier de victimes parmi les opposants locaux. Une plaque indique, à l'entrée de la route de la Corniche, le « cimetière des martyrs ».

Ce rappel sinistre n'affecte pas ma prise de contact avec la ville. Elle m'est facilitée par la jeune fille ravissante qui se tient à la réception du Grand Hôtel de l'Orient (en fait tout petit mais neuf). « Vous avez la chambre n° 1 à l'étage. » À peine y ai-je déposé mon sac, je descends pour me renseigner sur le chemin du vieux port. La fille, abandonnant son poste, m'accompagne pendant une centaine de mètres puis, à un carrefour, me montre l'itinéraire qui passe, comme il se doit, par un boulevard Bourguiba. Je lui dis : « Vous êtes un ange ! » Elle rougit et moi, pauvre idiot, je rougis aussi.

C'est la pleine chaleur de trois heures de l'après-midi. Je boirais et mangerais bien quelque chose (je suis à jeun). Avant d'arriver au vieux port, je franchis le seuil de la pâtisserie Chez Yosri où m'accueille un homme âgé aux yeux noyés, malades. Après avoir extrait du présentoir à l'aide de pincettes le gâteau à la crème que j'ai choisi, il me le tend roulé dans une dentelle de papier. « Vous le trouvez bon ? » me demande-t-il avec un filet de voix. « Excellent ! — Prenez-en un second, je vous prie. » Impossible de refuser une offre si poliment formulée. En me regardant déguster — cette fois un brick à la pâte d'amandes —, il essuie une larme sur sa joue. J'avale une gorgée de café. « Vous ne mettez pas de sucre dans votre tasse ? — Non. — Comme c'est curieux… » Il essuie une autre larme.

Dehors une merveille m'attend : ce vieux port que je cherchais, avec son canal, ses bateaux de pêche et, sur l'autre rive, les façades blanches des maisons qui se reflètent dans l'eau. Une image si soudaine, si belle, que je m'en détourne de crainte d'en diminuer, à trop la contempler, le pouvoir de fascination. Il ne faut pas brusquer un plaisir, surtout si on le devine rare. Je tente toujours de m'abriter du coup de foudre — pour un être, un paysage, un livre —, ne voulant pas obéir à la loi hélas fatale : je te dévore, je te tue.

Donc je fuis et pénètre dans la médina, sous des arcades qui mènent à des ruelles délicieusement fraîches et sombres terminées par des placettes délicieusement tièdes et ensoleillées. Accroupis devant leurs commerces travaillent des cordonniers, des mécaniciens. Plus loin, un type digne, coiffé de sa chéchia, trafique avec un tournevis dans le cadavre d'une télé… Tous les enfants disent : « salut, comment ça va ? » et personne ne me harcèle pour que j'achète un tapis. Après la médina, je me promène sous les remparts de la casbah. Il n'y a plus de commerces mais des habitations simples — des cubes — qui ne donnent pas l'impression, comme à Sidi-Bou-Saïd, qu'on vient de les repeindre. Les voiles des femmes flottent dans l'air léger. Je me sens si à mon aise que me voici prêt à regagner le quai du vieux port. La vision fugitive que j'en ai eue s'est incrustée quelque part au plus secret de moi et je la suppose maintenant indestructible. Apprivoisée.

La merveille m'attend encore : l'autre rive et sa bande blanche de façades dont me sépare l'eau du canal. Je me répète. Comment ne pas le faire si je désire, debout sur le quai, vous inviter à mon côté pour que vous en profitiez à votre tour ? Peut-être me soufflerez-vous les mots qui me manquent… « C'est calmé. » Un moustachu, très père de famille, a joué votre rôle puis est parti. Il a dit : « c'est calmé » et non : « c'est calme ». L'accent aigu sur l'e me sert de révélateur. Au milieu de la journée, alors que chacun travaille, d'ici j'aperçois le monde *calmé* de l'autre rive : entre le bleu du ciel et le bleu de l'eau, le bleu des volets et des portes sur le rectangle blanc des murs. Rien de plus à décrire car là-bas, à une si faible distance, rien ne vit. Personne, pas un gosse, pas un chat, un drap qui pend à une fenêtre et c'est tout.

Dans la *Vue de Delft* de Vermeer, il n'y a pas grand monde non plus sur l'autre rive : quatre ou cinq silhouettes figées qu'on remarque à peine. Roberto Longhi, autant que je me le rappelle, a trouvé au tableau « l'aspect d'une nature morte de ville ». Quoique la stricte géométrie des murs tunisiens soit plus proche — si l'on tient à un rapprochement — d'une toile de Mondrian que de la complexité architecturale, avec clochers et tourelles, organisée par le maître hollandais, il n'empêche que ce que j'ai sous les yeux correspond très exactement à la définition : nature morte de ville. Un fragment de ville morte. La ville de la mort.

Voilà qui devrait m'engager à déguerpir. Quelle dérision de se transformer en Bergotte, ce confrère fictif, qu'un ultime vertige abattit devant le petit pan de mur jaune dont la perfection, soit dit en passant, ne me paraît pas indispensable à souligner !

Proust, dans ces pages que j'ai presque honte de citer tant elles ont été mises à toutes les sauces, attire notre attention sur un détail qui n'est génial que parce que l'ensemble est génial. Lui, le plus grand critique de son début de siècle, justifie par cet exemple les aberrations de photographes ou de cinéastes qui, grossissant démesurément trois centimètres carrés d'un chef-d'œuvre, le rendent incompréhensible. Cet effet de loupe me gêne dans la scène fameuse, scène à effet elle-même à cause de sa promptitude mélodramatique. D'où, sans doute, sa fortune transmise à travers les manuels scolaires. Que Proust me pardonne, ce n'est pas là que je l'admire le plus, c'est même là que je l'aime le moins, quand il compose cette sorte de *finale* d'opéra où, suprême raffinement, le ténor se paierait le luxe de crever sans chanter une note.

Sans musique, en silence, j'espère aussi mourir. Sans un râle, un cri, sans un mot de la fin. Je suis seul et je ne souffre plus. C'est *calmé.* Derrière moi, la vie s'efface comme un rêve que je n'ai plus le temps de regretter. Dans ce lieu où s'est déroulé naguère un combat meurtrier, les mille tués ont quitté leur cimetière. Transparents, ils m'entourent : « Viens avec nous sur l'autre rive. » Pourquoi pas ? Pourquoi résister à la douceur ? La haute porte noire de l'amphithéâtre d'El Djem m'a indiqué le chemin qui aurait pu conduire au néant. Ici, les portes entrouvertes de ces façades blanches mènent à la paix.

Alors, nous y allons ? À notre dernière heure, nous n'aurons pas cette chance.

12

À la gare, roman familial

Elle n'a rien de spécial, la gare de Bizerte. Elle ressemble à n'importe quelle gare de seconde zone, réduite pour l'essentiel à un hall que décorent — façon de parler — des bancs collés aux murs. Je m'assieds sur l'un d'eux avec l'intention de mettre mon carnet à jour. Comme le train pour Tunis ne part pas avant une demi-heure, j'aurai le temps de noter cette succession de détails qui, si je ne suis pas trop mauvais rapporteur, donnera une petite idée de la ville que je viens de découvrir et souhaite célébrer. Quand il s'agit de recomposer une atmosphère, j'ai toujours du mal à choisir mon début. Le stylo décapuchonné, j'hésite sur l'ordre d'un récit dont, de toute manière, je tirerai une version plus épurée à mon retour en France. J'écris : « Bizerte, 26 et 27 février... » puis j'attends. Ça ne fonctionne pas, je ne sais pas au juste pourquoi. J'aurais envie d'interroger le soldat assis sur le banc d'en face. Il m'observe en souriant, d'un air que je qualifierais de moqueur. Il ne se doute pas que son sourire et lui entreront demain ou après-demain dans le carnet : je récupérerai la gentille impertinence à mon profit, histoire d'animer un peu la somnolente gare de Bizerte. Voici que d'un coup, elle se réveille avec l'arrivée d'un couple spectaculaire, du moins à mes yeux : un jeune homme chargé de deux énormes paquets et, sur ses talons, une femme d'une quarantaine d'années en qui, sans me prendre pour Sherlock Holmes, je reconnais sa mère. Elle est vêtue de la tunique blanche traditionnelle et d'un voile de soie encadrant la tête, lui d'une chemise claire et d'un blue-jean selon la norme internationale. Elle s'assied dans un coin sur la seule chaise disponible tandis qu'il reste debout après avoir déposé les bagages. Déférent, il se penche vers elle qui lui murmure une phrase à l'oreille : on croirait un page en train d'écouter une reine. Il la quitte. Se sont-ils dit adieu ? Non, quelques instants plus tard, il reparaît tenant une tasse entre le pouce et l'index. Elle boit une gorgée, une pas davantage, ensuite lui rend la tasse pour qu'il boive à son tour et qu'il en termine. Il ne se presse pas, il savoure : une lenteur digne du nô. Il se penche encore, au cas où elle aurait besoin d'autre chose. D'un minuscule geste de la main, elle signifie que c'est bien, il peut la laisser. Il s'écarte de cinq mètres, jusqu'au banc du soldat qui se pousse. Il s'installe à ses côtés. Aussitôt les garçons, des camarades — s'ils ne l'étaient pas, ils le sont devenus dans la seconde —, entament une conversation dont j'ai la certitude de faire les frais, tant les coups d'œil en ma direction se multiplient. Plus courageux, je me lèverais : « Salut les potes, excusez-moi mais qu'est-ce que vous me trouvez de si comique ? »

Ils ne me le diraient pas. Je ne leur dirais pas non plus ce que je retire de leur présence ajoutée à celle de la femme, allons-y sans craindre l'emphase : une image presque idéale de rapports humains. Reprenons au début : un fils accomplit son devoir avec sa mère : « Tes père et mère honoreras… »

Visiblement il la respecte plus qu'aucune personne au monde, ce qui ne l'incite pas à déborder en effusions sentimentales mais à se montrer utile comme un loyal serviteur. Pas comme un esclave puisque, après lui en avoir demandé la permission, il se détache d'elle, coupant sans difficulté le cordon ombilical, pour rejoindre un ami de son âge, c'est-à-dire ses désirs, ses secrets, sa vie à lui, qu'elle ne saurait partager. La jeunesse des deux copains les porte à s'amuser d'un rien, de moi en l'occurrence. Elle et eux, dans leur exacte vérité, je les envie.

À la fin de mes études secondaires nîmoises, j'ai foncé à Paris dans l'espérance, qui fut exaucée, d'y créer ma liberté. Mes parents ne se sont pas opposés au départ de leur enfant unique, preuve d'un amour que je n'ai pas assez apprécié en son temps. Aujourd'hui mon père est mort, ma mère achève, d'une chaise à son lit, une existence dont son esprit n'est plus en mesure de saisir le fatal effondrement. Lorsque, une fois par trimestre, je reviens vers elle pour un week-end, j'aimerais simplement lui offrir ce que je lui dois : cette preuve d'amour qui répondrait à la sienne et consisterait, par exemple, à lui essuyer la bouche ou à la déshabiller. Mes bras tremblent, je n'ose la soulever de peur qu'elle ne s'écrie : « Pas comme ça, tu me fais mal ! » Piteusement j'appelle l'infirmière : une démission devant un corps changé en une caricature de corps. Jadis ma mère m'embrassait avec beaucoup de ferveur. Trop. Je lui disais avec une ferveur égale : « Grand, je t'épouserai. » Grand, je peux à peine lui déposer un baiser sur le front.

Je parie que le garçon sur le banc d'en face sera capable, le moment venu, d'assumer sa charge. Il aura une moustache et des cheveux gris : un vieux fils toujours discret qui maîtrisera son chagrin. Et la mère, ainsi protégée, entrera calmement dans la nuit. Le train est annoncé, gare de Bizerte.

13

Rebelle de Tabarka

Si l'on est originaire du Midi, si l'on connaît bien la Provence ou la Corse, on ne sera guère dépaysé par Tabarka. J'y arrive un jour de mai, vers deux heures, après avoir essuyé une véritable tempête du côté de Sejenane, village des cigognes paraît-il. La pluie tombait si fort que les cigognes ont dû se planquer et que le car qui me transportait — en même temps qu'un bébé hurleur — avait beaucoup de mal à rouler… en fait il roulait mais à la façon d'un bateau.

Beau fixe en revanche sur Tabarka. Bon soleil, mer à perte de vue, ciel dans son meilleur bleu. Je sens que je vais peut-être éprouver ce léger ennui dont on a parfois besoin comme d'une sieste. Je m'en offre une, de sieste, à l'hôtel des Aiguilles, non sans avoir joui du panorama sur le golfe que j'aperçois de ma fenêtre presque en son entier.

Les Aiguilles sont la spécialité du cru. Ne les boudons pas. À la sortie de la ville, lorsqu'on longe la côte, fantastiquement découpées par l'érosion, elles dressent leurs pointes au-dessus de l'écume. Elles valent que l'on se mouille les pieds pour mieux s'approcher de leurs cavités torturées. J'en reviens humide avec la satisfaction du devoir accompli. Je me laisse sécher sur le banc d'un charmant petit square d'où j'observe de face l'île — ou la presqu'île — au centre du golfe. Je me promets d'y grimper demain matin jusqu'au fort génois qui la domine.

Je tiens ma promesse et j'ai un certain mérite car, dans la chaleur, la pente semble rude. Pourtant je possède un excellent moral grâce à Djamel avec qui j'ai passé la fin de l'après-midi et la soirée. Récit à suivre. Si je le diffère un peu, maltraitant la chronologie, c'est qu'il revêt à mon avis plus d'importance que l'escalade entre buissons et rochers. Je ne vous le servirai pas en hors-d'œuvre mais en plat de résistance.

Au point culminant — et pelé — de l'île,

le fort génois se signale par des murailles assez rébarbatives. Heureusement des hommes, accrochés à différentes hauteurs, s'y livrent à des travaux de maçonnerie. Ce spectacle plastique m'évoque un tableau de Piero di Cosimo, des compositions de Stanislao Lepri… Plus Piero ou plus Stanislao ? Au fond je m'en moque et préfère me détourner de l'austère bâtisse devant laquelle on a posté des sentinelles. Le fort serait-il une caserne ? Imprudent de rester par ici : on m'accuserait d'espionnage. Je m'engage en vitesse sur un chemin malaisé recouvert de broussailles, parviens haletant au sommet d'une tour — génoise aussi, j'imagine — sans savoir comment je m'y suis pris. Il fait chaud, je l'ai dit, très chaud. Avec la sueur, ma chemise colle : je l'enlève. Mon pantalon colle : je l'enlève. Me voici en slip, il ne colle pas, il me serre la taille : allez, hop ! enlevez-moi ça… Sans être naturiste de tempérament, exhibitionniste moins encore, je me retrouve nu comme un ver dans un état mental qui frôle la douce dinguerie : de ma tour, je règne sur le golfe, la ville, les monts de la Kroumirie, tel l'un de ces dieux-satyres de l'Olympe, vedettes d'une mythologie qui me plaisait au lycée. Rassurez-vous : au bout de cinq minutes de griserie fumeuse, je rentre dans l'ordre c'est-à-dire dans mes habits.

Sur la route de la descente — cette fois, j'ai choisi la voie goudronnée — j'entends le bruit infernal d'avions en train de décoller. Ce ne sont que des voitures qui surgissent à un tournant. Un convoi de vingt véhicules noirs avec des autorités militaires à l'intérieur ajoutées à quelques civils de la catégorie des officiels. Des motards escortent ce joli monde indifférent à ma personne, de la roupie de sansonnet pour eux. Oh ! s'ils s'étaient manifestés plus tôt... J'adresse un regard empreint de nostalgie à ma tour érigée au-dessus des arbustes. Un type en costume blanc et cravate rouge s'y pavane, ayant chassé l'ex-divinité de l'Olympe au profit d'un deuxième couteau de la maffia.

Quand je raconte mon odyssée à Djamel, il éclate de rire, un rire étonnant qui jaillit du fond de la gorge et résonne comme un cri de victoire : d'ailleurs, il m'a conquis. Revenons à hier, dans le petit jardin pas loin de l'hôtel où vous m'avez laissé solitaire.

Pas pour longtemps. Un jeune homme — c'est lui —, qui a enjambé la grille, me demande : « Je peux m'asseoir sur ce banc avec toi ? » Je réponds : « Si tu ne tiens pas trop de place... » D'où son rire et mon immédiate reddition.

À part le rire, qu'a-t-il à son actif ? Dix-huit ans, une peau brune, des yeux qui étincellent, des cheveux bouclés qu'il caresse souvent, un long cou, un air de bonne santé, le lot habituel d'un joli garçon, je m'en rends compte à ce banal recensement. Mais, aussi extraordinaire que son rire, il y a la vivacité de sa parole qui s'échappe en un flux mouvant plein de surprises. Parmi mes amis intimes, je ne connais guère que Patrick Besson pour créer une telle fête de mots lorsque nous nous retrouvons au Korean Barbecue de la rue du Dragon. Qui n'a pas écouté Patrick pourfendre les écrivains qu'il n'apprécie pas, proférer de frappantes incongruités sur l'amour ou la politique, ignore ce qu'avoir de l'esprit signifie. Manier le bon sens à contresens, quelle meilleure définition de la lucidité ? Djamel tente également de faire la lumière sur son pays et sur lui-même tandis que nous arpentons les rues de Tabarka où une marchande de bimbeloterie l'a interpellé.

— L'imbécile, la vieille chèvre, elle m'a dit : « Emmène-le chez moi ton Français, que je lui vende mes objets les plus chers... Sois gentil, Djamel, nous sommes cousins. » Tous pareils, les Tabarkois, ils s'étalent comme des tapis... zoulis tapis, zoulis : affreux ! Je déteste les neuf millions de Tunisiens et les Tabarkois en particulier !

Devant ma mine interloquée, son éclat de rire. Puis, en multipliant les courbettes, il singe les manières de ses compatriotes :

— Entrez donc, Monsieur le Touriste, oui, Votre Majesté, entrez dans ma boutique. Cassez mes affaires, ne vous gênez pas, *welcome* ! Mohamed, ma perle, apporte le thé pour le noble étranger...

Éclat de rire. Puis, sérieux :

— Je dois partir d'ici, j'étouffe. Chaque été, depuis que j'ai seize ans, je guette l'arrivée des Européens. J'espère une occasion... Je rencontre une Allemande, un Suisse, une Suisse Allemande, on se baigne — je plonge à vingt mètres sous l'eau —, on s'amuse, c'est agréable, enfin tu m'as compris... et les vacances s'achèvent : « Au revoir, Djamel, on t'écrira. » Au revoir, adieu… À Tabarka, de nouveau la prison. En cinq minutes, j'en fais le tour. L'école recommence, les copains m'ennuient. On s'entasse au café pour jouer aux cartes. Ah ! les cartes, on est champions… tu veux que je t'apprenne ?

Éclat de rire. Puis, avec la voix d'un enfant buté :

— De toute façon je partirai, il le faut.

Un silence. Puis :

— J'ai un oncle à Mulhouse. Le mois dernier, il est revenu avec un cadeau pour la famille : un magnétoscope. Papa l'a échangé contre le mouton de l'Aïd. Moi, le ramadan, je le laisse tomber… je prétends le contraire mais je mange en cachette : j'ai trop faim ! L'oncle m'a palpé comme une bête : « Djamel, tu es beau et fort, je t'embauche à Mulhouse. » Mon cœur sautait de joie. Dans mon lit, impossible de dormir : il tapait, mon cœur. Il chantait : je vais en France, je vais en France. Et, le matin, l'oncle : « Je plaisantais, Djamel. » Papa s'est marré avec lui. J'ai couru loin de leurs visages morts. Mon petit frère a couru derrière, il m'a rattrapé : « Pleure pas, Djamel, tu les auras ! » Oh ! le jour où j'obtiendrai un contrat de travail… J'envoie des lettres à la terre entière, au Canada, en Australie. J'explique : ne vous inquiétez pas, ayez confiance, je ne suis pas un paresseux. Souvent je navigue, grâce à mon école, une école de marine : je monte et je démonte le moteur des bateaux… Une fois, on a quitté le port, le golfe, on était au large. Je me suis penché vers le pilote : « Avance, bientôt on débarquera en Italie ! » Le pilote s'est marré comme mon oncle et mon père : « Tu es fou ! » Dis, Christian, toi aussi, tu trouves que je suis fou ?

À moi de parler, de le féliciter d'un besoin d'aventure qui n'est éprouvé avec autant d'intensité que par ceux qui constituent le sel de la terre, ceux que leur courage hisse au-dessus des autres, ceux qu'on admire, auxquels on pardonne toutes les fautes… À la fin de mon discours, je me sens obligé d'en atténuer l'enthousiasme par des propos pessimistes sur les frontières fermées et, si l'on a franchi cette difficulté, sur l'attente des papiers, les conditions d'hébergement, le chômage, la xénophobie, ces obstacles où la plupart se sont cassé les dents.

— Rêve ta vie, Djamel, mais sans illusions.

— Quelque part dans le monde, il existe quand même un endroit pour un garçon libre ?

— Ça, je le pense.

— J'irai là-bas.

Je le lui souhaite et qu'il y rayonne comme il le désire, comme il le mériterait s'il y avait une justice. De ses projets, nous discuterons sans relâche durant mon passage à Tabarka. Ce premier soir, je l'invite au restaurant Le Pirate, sur le port. Nous sommes seuls et détendus, de vieux amis déjà, qui se comprennent et savourent, avant le dîner, l'humble miracle qu'ils ont su créer. Le gérant, un obséquieux tiré à quatre épingles, nous présente un plateau de poissons dont il vante la fraîcheur. Nous hésitons : une sole ? une daurade ? Le plateau glisse de ses mains et les merveilles de la mer nagent sur le tapis. Gag irrésistible : nous n'y résistons pas. Au moment où l'infortuné se baisse afin de traquer les vagabonds, Djamel me fait « chut », l'index plaqué sur les lèvres : un conseil que nous sommes incapables de mettre en pratique. Nous choisissons deux loups d'aspect moins groggy que leurs collègues.

— On a trop ri, dit Djamel.

— Pourquoi trop ?

— Parce qu'on n'est pas si joyeux que ça. Toi, par exemple, tu ris tout le temps mais je suis persuadé que tes livres sont tristes.

Le dîner se termine cependant comme il avait débuté : par nos rires, ces traits d'union. À dix heures, il me propose de le raccompagner dans son quartier. Nuit douce avec de la brise, une odeur végétale complexe, plus insistante à mesure que nous progressons vers le haut de la ville, sur la colline. Quelqu'un, issu de l'ombre, s'apprête à nous croiser :

— Bonsoir.

— Bonsoir.

— Vous dépendez de ma protection : je dirige la police. Ma femme est au cimetière, je vais me branler.

Le fantôme s'efface.

— Et un Tabarkois de plus ! dit Djamel qui ne précise pas davantage. Ma maison, enchaîne-t-il, c'est celle-ci, très minuscule : on croirait qu'on lui a tapé dessus pour qu'elle ne pousse pas. Je la vomis. Viens dans le jardin.

Il écarte un grillage. Je me faufile à sa

suite. Il me fait « chut », l'index plaqué sur les lèvres ainsi qu'au restaurant. Il jette un coup d'œil par la petite fenêtre de la petite maison sans étage, une maison de poupée vraiment. Je reste empêtré au milieu des arbres fruitiers qui, dans cet espace réduit, paraissent lutter entre eux : une prolifération de branches et de feuilles asphyxiante comme la tendresse maternelle. Mais c'est de la brutalité paternelle que Djamel me parle lorsqu'il s'approche du figuier contre lequel, tant bien que mal, je me suis calé :

— Embrasse-moi, mon père dort. S'il me voyait avec toi dans le jardin, il m'enverrait une pierre à la tête et me chasserait pour toujours.

Je devine l'importance de ce « pour toujours » : inconsciemment, Djamel n'exclut pas qu'après avoir accompli sa vie ailleurs — riche, marié, père lui aussi, grand-père —, il soit envahi par la nostalgie de ce jardin au point de répondre soudain à l'appel d'une adolescence débarrassée de ses fièvres. Vieil homme, il écartera de nouveau le grillage puis, près du figuier, à lui seul il se murmurera : « J'ai grandi, j'ai souffert ici, j'y ai même attiré un ami, mort depuis longtemps. Avant de mourir à mon tour, il a fallu que je respire l'air que je respirais autrefois, quand la brise de la nuit séchait les larmes sur mes joues. »

Cher Djamel, en écho à ton destin supposé, une phrase du roman de William Goyen *La Maison d'Haleine* me traverse l'esprit : « La vraie raison de mon départ c'est que je voulais pouvoir revenir. » Si tu lisais ce livre, tu serais saisi par la ressemblance de Charity, modeste ville du sud des États-Unis, avec Tabarka, ta geôle. Tu te reconnaîtrais surtout dans ces personnages qui fuient un foyer trop clos, le ronron des habitudes, pour se chercher loin de la terre natale. Les uns y useront leurs corps avides d'amour, d'autres reviendront en effet mais avec la sensation que leur blessure demeurera inguérissable. On ne réussit qu'à se perdre, insinue l'auteur de cette superbe déploration en prose, doublée d'un chant à la nature et à la jeunesse de la chair.

William Goyen a effectué en 1974 un ultime voyage à Paris. Grâce à son traducteur Maurice-Edgar Coindreau, avec lequel j'avais réalisé une série d'entretiens sur la littérature américaine, nous fûmes mis en contact.

Encore qu'il se défendît du pessimisme, je perçus en lui autant de mélancolie que chez ses héros. Malgré ses rires fréquents (trop fréquents pour être gais, n'est-ce pas, Djamel ?), il ne contrôlait pas la mobilité d'un regard qui rendait vulnérable un visage d'adulte presque rude. Il disait : « À certaines périodes, je ne fiche pas le nez dehors. Je m'enferme dans ma chambre comme dans une forteresse. » Sa pudeur l'empêchait d'avouer qu'il subissait en Europe — New York ne l'ayant jamais porté au pinacle — l'indifférence d'une intelligentsia qui l'avait célébré la décennie précédente. Ses derniers ouvrages n'y étaient plus édités. Même Coindreau, le fidèle, ne les adorait pas. Bref, il fut sans doute déçu. Vis-à-vis de moi, il se conduisit avec une exquise gentillesse où je soupçonnais une part de réelle affection, qui me fut confirmée par des lettres qu'il adressa justement à Coindreau : « *My dear one, to whom I felt so close at once, Christian...* », écrit-il dans l'une et, dans la suivante, il pose cette simple question : « *Is Christian happy ?* » Il baragouinait le français, je massacre l'anglais. On conçoit ce qu'ont dû être nos échanges : réduits à leur plus pauvre expression. Pourtant le courant passait, qui est tout. À la brasserie Lutétia, William (Bill pour les intimes) noya son steak dans une mare de ketchup. Au lieu de m'irriter, cette preuve de barbarie *made in U.S.A.* continue de m'attendrir.

À cette époque, j'étais un homme bien jeune, fier des trois romans qu'il avait produits, fier d'intéresser un auteur admiré avant de le rencontrer. Je me plais à penser que Bill, dont l'œuvre s'achevait, fut ému par l'orgueil désordonné qui m'animait et qu'il confronta l'image que je lui offrais avec celle qu'il conservait de lui trente ans plus tôt. Fort de son expérience (ou peut-être affaibli), il m'a lancé : « Fais attention à toi ! », à l'instant de me quitter.

Nous allons aussi nous quitter, Djamel et moi. C'est toujours la nuit, pas la même, la nuit du bout de notre voyage en commun, qui n'a duré qu'une poignée de nuits. La nuit avec ses étoiles au complet et son mince croissant de lune arabe au-dessus de la colline. Avec le bruit de la mer et le sable dans nos chaussures car, après une promenade sur les sentiers abrupts de l'île, nous sommes descendus sur la plage. Côte à côte, nous

nous taisons : nous avons tant discuté. Nous ne rions plus : nous avons tant ri.

Je voudrais rire, je voudrais te dire… Finalement c'est toi qui te décides :

— Si on ne se revoyait pas de toute notre vie… J'ai peur, tu sais.

Tu me serres dans tes bras. Nos lèvres tremblent. Tu pars en courant. Je crie :

— Fais attention à toi, Djamel !

Tu te retournes, tu agites la main. Tu repars en courant.

14

Peintre de Kairouan

À l'hôtel de Kairouan où je loge pour quelques jours, alors qu'un matin je lui remets la clé de ma chambre, le patron, homme jovial derrière son comptoir, m'adresse ainsi la parole : « J'ai lu sur votre fiche que vous êtes journaliste à la Radio. Est-ce que vous connaissez des galeries d'art à Paris ? Je suis peintre. » Et de m'expliquer sa vocation. Tardive : il a commencé en 1990, vers quarante-cinq ans, sans avoir rien étudié, sous le coup d'un besoin irrépressible. Un Allemand, client de l'hôtel et directeur d'une école des Beaux-arts, a organisé pour lui une exposition dans une ville teutonne dont je ne saisis pas le nom : première reconnaissance de son travail. La seconde consiste en un grand prix de la ville de Tunis qu'il vient d'obtenir. « C'est abstrait, dit-il pour m'allécher, c'est ce que je ressens à l'intérieur. Si vous vouliez jeter un coup d'œil, je serais très honoré. » Comment refuser ? Face à des demandes analogues — à Paris on m'adresse souvent des manuscrits —, j'ai tendance à rechigner, prévoyant mon embarras après l'examen. Est-ce Monet qui assurait : « Il faut décourager les artistes » ? En tout cas, lui ou un autre avait raison mais l'attitude réclame de la fermeté. Malgré moi, j'éprouve une sorte de tendresse envers quelqu'un qui essaie de construire une œuvre, même si je sais que dans quatre-vingt-dix-neuf cas sur cent elle va irrémédiablement boiter. Résultat : j'enveloppe mes critiques sous des compliments qui les font oublier. J'encourage l'artiste, le berce de l'illusion que l'avenir lui appartient. Peut-être l'aidera-t-elle à vivre, cette illusion, alors que la vérité risquerait de le plonger dans le gris souris du quotidien.

Le peintre de Kairouan m'entraîne au deuxième étage de son hôtel. Il ouvre la porte de la chambre 24. Des toiles y sont appuyées contre le mur, derrière le lit. Une à une, il me les montre. Il y a à boire et à manger. De véhémentes coulées vertes et rouges, qui évoquent des forêts en feu, succèdent à de vieillottes tentatives géométriques. Trop de matière à mon goût bien qu'un tableau sur cinq — me semble-t-il — ne soit pas dépourvu de talent : quand, toujours cerné d'un affreux cadre doré, il passe devant mon nez, je le loue sans trop de flatterie. Le peintre accueille chaque compliment avec une mine modeste, un peu du rouge de sa palette envahissant son visage poupin. Il s'enhardit jusqu'à me proposer de grimper au troisième. Dans la chambre 36, les toiles campent non seulement contre les murs mais dorment sous les draps. Chambre 37 — une chambre double —, les deux lits en sont farcis, sous les draps encore et entre le matelas et le sommier. À court d'éloges, je dis : « Heureusement que vous n'avez pas beaucoup de clients en cette période. » Puis, de crainte qu'il n'ait pris ma remarque pour une moquerie, je me tais. Lui continue à étaler ses productions qu'il commente désormais à ma place. Sa modestie l'abandonne : « Celle-ci, assure-t-il, après avoir tiré de sous la table une bourrasque de points jaunes sur isorel, celle-ci est très belle. » J'approuve d'un hochement de tête. Dans les romans j'ai horreur que les personnages hochent la tête, cliché habituel de l'écrivain en panne d'imagination. Face à mon peintre, je suis en panne d'imagination. Il s'en fiche. L'essentiel pour lui, c'est que je joue le rôle passif d'une machine adorante. Son lyrisme l'égare : « Je me tiens en *symbiosine* avec la nature », m'assène-t-il bravement.

Au fond, qu'est-ce qu'une œuvre au regard de son créateur ? Un cancer en constante expansion. Même lorsqu'il n'y est pas attelé, elle le tarabuste, ne le lâche pas d'une semelle, l'empêche d'avoir l'esprit libre, il y pense en mangeant, en faisant l'amour. Au lieu de vouloir la vaincre comme le bon sens l'exigerait, il la couve, la refile à sa famille, à ses copains, aux étrangers. Il espère une contamination universelle. C'est un enfant qui tape du pied pour capter l'attention. Le plus insupportable, le plus capricieux des enfants, le plus fragile aussi : un enfant malade. Et le plus solide puisqu'il crie : « Vive ma maladie ! » La plupart du temps, ni le monde ni l'entourage ne succombent : l'indifférence leur sert de protection.

Me raccompagnant en voiture à la gare routière, le fils aîné de l'hôtelier de Kairouan ne me parle pas du musée paternel. Je m'en étonne à haute voix. « Je n'ai pas d'intérêt pour ça », dit-il sèchement. Terrible ce « ça », j'en ai froid dans le dos. Je me demande s'il ne s'agit pas du seul mot vraiment antipathique entendu en Tunisie depuis que je la fréquente. Voilà une dizaine d'années, un jeune stoppeur, sympathique lui, ramassé entre Paris et Avignon où il se rendait pour le festival, m'apprit qu'il allait y voir un spectacle consacré à son grand-père, un poète. J'en réclamai le nom. « Oh ! je serais surpris que vous le connaissiez. » J'insistai et, à contrecœur, il finit par me le révéler. Surpris, certes je le fus : le nom désignait l'une des gloires de la poésie moderne, aujourd'hui disparue (on lui prépare une Pléiade). Je balbutiai : « Bien sûr je connais votre grand-père, il est très, très célèbre… » Le jeune homme, un blond qui souriait sans cesse, devint sérieux : « Il est peut-être très, très célèbre comme poète. Comme grand-père, il est nul ! »

15

Une mosquée, la mienne

J'ai eu l'occasion d'admirer bien des mosquées célèbres : au Caire, à Tunis, où elles m'ont été en partie gâchées par les touristes, leurs exclamations et leurs appareils photo. À Kairouan, j'ai pris mes précautions pour éviter les hordes : dès sept heures trente (moi qui adore me lever tard !), après avoir longé la casbah, je me présente devant la mosquée-merveille-du-monde. Sans doute sensible à mon effort, elle m'offre son meilleur côté, celui où se dresse son minaret simple comme une épure et d'autant plus saisissant. Je le contemple en silence, telle une punaise de sacristie quelque image pieuse, ce qu'il est en effet. Puis je cherche l'entrée de l'édifice qui se situe dans une ruelle sur la droite. « Trop en avance, monsieur », me dit un marchand de cartes postales et diverses babioles en train de déployer sur des tréteaux toute cette camelote dont, par délicatesse ou parce que là aussi je n'ai qu'à attendre l'ouverture, il ne me propose rien. Je continue donc à me dégourdir les jambes en faisant à l'extérieur le tour de l'enceinte. Du côté de la ville, sous un soleil voilé, des maisons basses avec du linge qui sèche, un terrain vague garni d'une chèvre, une fillette qui a peur quand je lui souris, m'aident à calmer ma fringale d'architecture. À huit heures tapantes, je pénètre enfin, premier visiteur, dans la grande cour de la mosquée. Mais je n'y suis pas seul : un garçon dépose avec beaucoup de précautions un tapis rouge sur le sol dallé (marbré ?) non loin du minaret. Le temps de l'observer — du revers de la main, il brosse par-ci, égalise par-là —, l'invasion se produit. Un groupe de Français, au pas de charge, prend possession du lieu. Les vieilles pierres en ont vu d'autres, elles subissent le viol sans perdre de leur raide indifférence. Il ne sera pas long, expédié en dix minutes, toujours un titre de plus au palmarès culturel... Je me rends devant la porte de la salle de prière, toute sombre, abritant sa forêt de colonnes qu'il faudrait détailler une par une, opération impossible dans ces ténèbres où elles semblent se multiplier à l'infini comme si elles se reflétaient dans les miroirs du musée Grévin. C'est assez vertigineux, ça le serait davantage s'il était permis de s'engager dans les étroites allées qu'elles forment et de disparaître en douceur au fond de la nuit. Je préfère regagner le centre de la grande, de l'immense cour, déserte de nouveau, même le garçon s'est éclipsé. Quelle chance de l'avoir à moi, entière ! Me dépêcher d'en jouir, saisir l'occasion unique. Mais voilà, conscient de la grâce que l'on m'accorde, je n'y crois pas vraiment, deviens trop nerveux, essaie d'apprécier tout en bloc, les sublimes proportions, les sublimes colonnes (encore des colonnes...), le sublime minaret (encore ce minaret...). Il arrive que le désir d'aimer tue le désir. Ainsi un corps qu'on se sent prêt à adorer, pour une raison inexplicable vous réduit-il parfois à l'impuissance. Il y a quelque chose au plus secret de vous qui refuse le don. Je reste planté dans la cour de la mosquée de Kairouan et quelque chose au plus secret de moi refuse de participer à la fête promise. Un fiasco moins douloureux qu'une rencontre sexuelle ratée. Pas de partenaire ici pour me juger et je n'ai nulle envie de convoquer ce tribunal qu'un protestant d'éducation — je le suis malgré mon rejet — porte en soi non sans fierté. Un instant, j'éprouve d'ailleurs une émotion quasi mystique : le monde n'existe plus à l'exception de cette cour et de ces murs qui m'emprisonnent, de ce ciel gris et bleu qui me condamne — le voilà, le tribunal ! — à tourner les yeux vers lui. Je pense à certain couloir au sixième étage de la très parisienne Maison de la Radio d'où, lorsqu'on regarde dehors, on ne distingue que le demi-cercle d'une arène moderne avec parois de verre et de métal obligées, sa tour arrogante comme un point d'exclamation dans une phrase sans esprit. Au-delà, pas un signe qui témoignerait d'une capitale et de ses habitants, le même ciel impassible. Ayant l'habitude d'animer une émission dans un studio voisin de ce point de vue imprenable sur le vide, je me dis : « Cause toujours mon lapin, personne ne t'écoute. » Excellente réaction qui me délivre du trac. Dans la mosquée de Kairouan, Allah soit loué, je n'ai pas à m'exprimer sur la littérature contemporaine qui est, en voyage, le dernier de mes soucis, bien qu'elle ne me lâche pas facilement, je m'en rends compte à la purée de citations et de références qui m'encombre la tête, en dépit de la précaution prise de ne jamais alourdir mon sac d'un roman ou d'un recueil de poèmes. Deux ou trois guides, ça suffit, et un carnet afin de noter mes bêtises le soir dans la chambre d'hôtel.

Pour continuer avec les mosquées, j'évoquerai d'un mot celle de Sousse ou plutôt l'entrée spectaculaire que j'y effectuai un après-midi de fin février 1997. Déjà, du haut du Ribat tout proche — extraordinaire forteresse qui servait jadis de refuge à une population que les envahisseurs régulièrement menaçaient —, j'en avais aperçu le plan austère. C'était l'un de ces rares jours où j'aspirais à un peu de religion. Pour un protestant, elle ne se conçoit pas sans dépouillement. Plein d'une chaste espérance, je franchis le seuil, m'avançai dans l'espace rectangulaire au cœur de l'édifice. Quelqu'un me suivait que je n'avais pas aperçu de prime abord, un petit homme qui me demanda d'un ton affable avec une pointe de surprise : « Vous êtes musulman ? » Une seconde, par goût du jeu, j'ai eu la tentation de répondre oui... on verrait bien ce qui se passerait, une aventure pourrait commencer. Évidemment j'ai dit non. « Alors, vous n'avez pas le droit de vous trouver ici un vendredi... le vendredi c'est réservé, vous comprenez ? » Il avait l'air sincèrement désolé et moi je me suis mis à rougir en bredouillant de plates excuses. « Revenez demain, conclut le brave type. Je vous ferai visiter. » Il n'y a pas eu de lendemain, on s'en doute. L'assassin revient peut-être sur le lieu de son crime, pas l'humilié dans l'endroit où il s'est montré ridicule.

Guère masochiste de nature, j'avais décidé de tirer un trait sur les mosquées. Mais une mosquée m'attendait au détour d'un chemin dans l'île de Djerba. Tout le monde les connaît, les mosquées de Djerba, elles y pullulent. C'est cette abondance qui me procure la certitude qu'il en existe de presque inviolées, abandonnées dans des terres que ne fréquente plus qu'une poignée d'agriculteurs : là, j'en découvrirai une à ma convenance. Revivons la scène au présent. Partis tôt le matin de Houmt Souk dans la Peugeot 106 que nous avons louée, Claude Verdier et moi sillonnons la région en fuyant la côte sacrifiée aux hôtels de luxe. Des mosquées, en moins d'une semaine, nous nous en régalons sans lassitude. Parce que, petites et blanches, elles n'imposent pas le respect, deuxième nom de l'ennui, se contentant d'apprivoiser avec un naturel qui tient du miracle la jeunesse de la pleine lumière. Ma mosquée — nous finissons par y arriver — se dissimule au bout d'un champ en friche derrière des oliviers. Elle est petite et blanche comme les autres. Même plus petite et blanche que les autres. Plus abandonnée aussi et j'ai de la peine à envisager qu'elle ait accueilli des foules de pèlerins. À quelques mètres de la mer, elle se dresse sans gardien pour en défendre l'entrée. Je dis à Claude : « C'est ma mosquée, tu es gentil, tu me la laisses. » Habitué à ce genre de caprice, il s'éloigne vers les oliviers. Je bondis dans la cour, minuscule cour de récréation d'un collège provincial. Désir de m'y étendre au soleil. D'un côté, le sein maternel de la coupole me protège.

À l'opposé, un escalier d'une dizaine de marches débouche sur un azur à la portée de la main. En face, juché sur le muret qui marque les limites du territoire que je m'approprie, un chat s'étire : invite à la volupté de la paresse. J'ôte mon blouson, le glisse en boule sous mon cou, m'étends enfin. Pourquoi renoncer au plaisir lorsqu'il ne gêne personne ? Charmé par l'idée que je pourrais m'endormir et ne plus me réveiller, je reste longtemps. D'une certaine façon, j'y suis encore mais ne comptez pas sur moi pour vous communiquer l'adresse.

16

Les sages du retour

« Paris, c'était le bon temps. J'avais un métier bien payé. Avec nos amis français, nous allions au cinéma, nous faisions la fête. Je couchais avec des femmes et avec des hommes. Nous passions des soirées merveilleuses. Aujourd'hui, ce n'est plus qu'un souvenir. »

Le marchand, vêtu du burnous traditionnel, m'a d'abord paru se mettre en scène pour plaire aux étrangers qui visitent son atelier de poterie à Guellala, bourg de Djerba. Quand je suis entré, il m'a salué comme si j'étais un prince qui allait acheter sa boutique entière. Chez lui, je ne suis pas venu seul mais avec Mourad et Salem, deux frères rencontrés à Houmt Souk, garçons simples et cordiaux — le premier réceptionniste d'hôtel, le second cuisinier — qui, profitant d'un après-midi de congé, me promènent dans leur île. Mourad, l'aîné, est père d'un *bambino* de trois, quatre ans, qu'il adore au-delà du raisonnable. En un pays où les enfants ravissent par leur espièglerie, celui-ci se révèle grognon, geignard, au point que je me demande (pour l'absoudre) s'il ne couve pas les oreillons, la rougeole, une maladie de ce genre. Mourad lui offre des bonbons, l'embrasse dix fois par minute : « Comme il est super, mon fils ! » dit-il à Salem qui répond : « Comme il est super, mon neveu ! » Afin de créer une diversion, je m'intéresse à la maman : « Elle a capturé mon cœur », confie gravement Mourad sans même me montrer sa photo. J'insiste : « Elle est jolie ? » Mourad ne veut pas trancher : « Qu'en penses-tu, Salem ? » Salem se réfugie dans l'esthétique : « Toutes les filles sont jolies. »

Me voyant accompagné par ce trio local, le marchand a vite cessé de me vanter ses productions : pas vilaines dans l'ensemble, surtout les grandes jarres. On y trouve, en terre cuite, les incontournables chameaux magiques… vous savez, ceux qu'on remplit à chaque bout, d'un côté avec du lait, de l'autre avec du café, et lorsqu'on verse le liquide par la bouche de l'animal, on obtient du café au lait : ça amusera vos gosses ! Pas celui de Mourad qui choisit l'objet idiot par définition : une tirelire que je fourre de quelques piécettes sous le double regard mouillé du papa et du tonton. « Dis merci ! » On précipite le monstre dans mes bras où il gigote après avoir déposé une abondante salive sur ma joue. « Tellement timide ! » commente Mourad aux anges. Alors, témoin de ce spectacle sympathique, le marchand s'est décidé à nous raconter sa jeunesse à Paris. Il y a vécu mille et une nuits blanches dont il nous laisse entendre qu'elles n'étaient gouvernées que par le plaisir.

— Des femmes à la peau claire, aux seins comme des gâteaux, des hommes doux, ah ! Paris en ce temps-là… Moi et la bande des amis en train de descendre à quatre heures du matin le boulevard Montparnasse…

À un moment, las de l'écouter une nouvelle fois — il se répète beaucoup — exalter son passé, je l'interroge sur ses projets :

— Retournerez-vous un jour boulevard Montparnasse ou place Pigalle ?

— Non, fini, plus de mon âge. On ne revient pas sur la jeunesse, c'est elle qui vous monte à la tête comme une chanson. Et puis, à présent, il y a trop de problèmes : la confiance s'est brisée entre Arabes et Français. Je préfère rester ici au calme à fabriquer mes pots et mes cendriers.

Une semaine plus tard, avec Claude et la Peugeot 106, nous avançons sur une piste caillouteuse qui doit, en principe, nous mener jusqu'à Matmata. Nous n'en sommes pas très sûrs. Dans la plaine, au pied du village de Toujane accroché à sa montagne comme un éboulis de rochers, nous stoppons devant un cycliste afin qu'il nous indique le chemin. Volubile, la trentaine, il nous renseigne puis s'exprime sur son sort :

— J'ai bossé dans le bâtiment à Paris… pas tout à fait à Paris, à Bobigny, vous connaissez ?

— Un peu.

— Un boulot dur mais je ne me plains pas : j'ai économisé assez d'argent et, l'hiver dernier, j'ai pu rentrer chez moi. La maison là-bas, derrière le palmier, j'y suis né. À côté, j'en construis une autre, plus grande, pour ma famille. J'ai déjà un enfant, un petit diable… aussi malin que lui, ça n'existe pas ! Dommage que vous soyez si pressés… Ma région est magnifique, pas polluée, avec moi vous l'auriez aimée…

— Peut-être nous repasserons.

— Je vous donne mon adresse. Vous me donnez la vôtre ?

— Vous avez l'intention de vous rendre encore à Paris ?

— Une fois que j'aurai réussi ma vie, pourquoi pas ? Je ferai comme vous.

— Comme nous ?

— Je m'offrirai des vacances.

17

Espérance de mariage à Kebili

À Kebili, gros bourg du Sud que l'on atteint après la traversée sur quatre-vingts kilomètres du chott el-Djerid, je gare la voiture près d'une place. Pas mécontent d'apercevoir un peu d'animation car ce paysage de lac salé avec ses nappes d'eau violacée, très prenant dans sa monotonie, n'égayait pas franchement le moral. Un moment, il y eut quand même, sur la gauche, une fantomatique chaîne de montagnes roses qui s'évanouit comme elle était venue sans que s'y substituent ces mirages dont on dit qu'ils apparaissent lorsqu'on regarde vers le soleil. Mais non, pas de caravanes, d'oasis imaginaires… mes larmes à essuyer en raison de la répétition du cruel exercice.

À Kebili donc, du vent, des palmiers et des

rues en pente. Au beau milieu de la place un grand arbre, dont j'ignore le nom, sert d'appui à un groupe de femmes assises, enveloppées dans de longues robes noires qui semblent se résumer à une seule couverture que l'on aurait jetée sur elles afin qu'elles puissent se blottir au-dessous comme des oisillons dans un nid. De quoi se protègent-elles exactement, d'un froid très relatif (nous sommes en hiver), des vagues de poussière ou du désir des mâles ? Je croirais plutôt qu'elles se sentent bien, un point c'est tout. Je m'approche de leur maison de chiffon : si elles m'invitaient à l'intérieur, j'aurais l'impression de pénétrer dans un monde d'avant ma naissance et je m'y sentirais si bien moi aussi que je ne demanderais pas à en sortir.

Souhait d'une parfaite vanité, ma présence ne suscitant aucun intérêt chez ces femmes figées, modèles d'une photo d'autrefois. Aujourd'hui — fin de la rêverie plus ou moins nostalgique —, mon bracelet de montre s'est rompu, il faut que je m'en procure un, solide sinon élégant. Le *Magasin Central*, qui se trouve à deux pas, doit receler ce mince trésor. Il s'agit d'un hangar où l'on met surtout en vedette les bouteilles de sodas, une gamme fort étendue de produits de soins pour les cheveux, des meubles façon rustique, des vues du désert, encadrées et aquarellées, auprès desquelles la plus niaise des cartes postales ferait figure d'œuvre d'art. Une vendeuse me guide vers le rayon parfumerie-bijouterie. Elle farfouille dans un tiroir rempli de rubans et de boutons avant de s'avouer désolée : elle ne possède pas l'article mais elle va peut-être arranger la chose à condition que je lui prête mon vieux bracelet. Et la voilà qui entreprend de recoller les deux morceaux de cuir avec du scotch transparent. J'admire la finesse de ses doigts, leur agilité, alors que son corps de jeune fille, perdu dans un ample vêtement, accuse déjà des rondeurs à la Rubens. « Tenez, dit-elle en me tendant le résultat de son travail, il ne se cassera plus. » Je suis sceptique et j'ai tort : le bracelet a résisté pendant trois mois jusqu'au jour où je les ai oubliés, lui et la montre, sur le rebord d'une baignoire, à l'hôtel. Cherchant une babiole dont l'achat remercierait l'employée de ses bons offices, j'avise une vitrine où s'étalent des colliers de corail, diverses amulettes et, solitaire, une fibule dorée... sélection plus jolie que prévu. « C'est très beau, monsieur, les parures ! » Une adolescente, flanquée de deux copines, m'adresse la parole avec ce naturel, cette gentillesse, que la plupart de nos compatriotes n'ont pas su conserver (question impolitesse, la France et l'Angleterre décrochent le pompon). Mes nouvelles amies sourient sans cesse comme les gens vraiment sérieux. À trois voix, elles me racontent leur ambition de collégiennes : « Nous étudions pour devenir savantes, attention : pas les femmes savantes de Molière... si nous arrivons à être savantes juste le nécessaire, nous aurons les meilleurs maris... ils nous offriront tout ça ! » Elles s'extasient encore sur les merveilles de la vitrine... dommage qu'elles ne leur soient accessibles que dans quelques années : « Ah ! on voudrait tellement se marier demain... » Sans doute, lorsque leur désir se réalisera, elles ne disposeront plus de ce pétillement juvénile que je me sens incapable de détailler : en le fixant, les mots l'asphyxieraient. « Vous êtes marié, vous, monsieur ? »

La plupart des étudiants que j'ai rencontrés, en particulier à Tunis, manifestaient vis-à-vis du mariage une défiance voisine de la révolte. « Beaucoup trop chère, la noce ! me confia l'un d'entre eux, apprenti informaticien. J'ai horreur de cette tradition qui exige qu'on se ruine en fêtes et en cadeaux. Je préfère ne pas fonder de famille, rester tranquille dans mon coin. Mes parents ne me comprennent pas. » Il semblait résolu à ne pas céder à la pression sociale, attitude que j'approuve même si, dans ce cas, je la supposais impossible à garder longtemps : il ajoutait en effet qu'il s'ennuyait sans âme sœur. « En Europe, au Canada, je choisirais le concubinage. Ici, pas une fille bien n'y consentirait et, en admettant que je tombe sur l'oiseau rare, mon père me tuerait. »

À ma connaissance, les pères criminels ne défraient pas la chronique. Pourtant les menaces existent : « Si jamais je te surprends en train de fumer, je te tranche la gorge ! » Propos d'un géniteur, rapporté par son rejeton, un gamin de Nefta. Ce Momo — ainsi l'appelait-on familièrement — roulait des yeux effrayés, ce qui devait décupler son plaisir de tirer les bouffées de la cigarette qu'il m'avait réclamée. À peine moins âgé que mes collégiennes, il partageait avec elles la passion du mariage quoique sa raison ne soit pas la leur : « C'est le plus beau moment de la vie parce que, tu sais, à tous les repas durant trois jours, on mange de la viande ! » Ils étaient plusieurs — des camarades, un frère aîné — à l'écouter dans la nuit de la palmeraie et nul ne se moqua de lui. Chacun songeait en silence.

Je ne raconte pas l'épisode aux filles qui traiteraient certainement Momo et les garçons de brutes. Eux, s'ils les avaient vues devant la vitrine, leur reprocheraient la légèreté, le goût du luxe. Le problème majeur entre les sexes tient à cette différence des appétits que, dès ses premiers émois, l'amour donne l'illusion de réduire. Elle ne tarde pas à resurgir sous un prétexte anodin, on la néglige d'abord, puis elle empoisonne. Les saisons passent, les enfants naissent, les mariés s'ennuient. Pour Momo, à Nefta, le café près du stade devient la résidence principale : il va y jouer aux cartes avec ses vieux complices. Les adolescentes de Kebili ont perdu leur fraîcheur : je les retrouve assises près de l'arbre en plein vent où elles campent sous leurs robes noires. Du *Magasin Central* à la place, elles n'ont avancé que de quelques mètres : une destinée.

18

Éloge des mobylettes tunisiennes

De Gabès, je retiendrai la coiffeuse dans la chambre n° 5 du vieil hôtel Atlantic. Le lavabo est bouché, l'ampoule du plafond grillée, l'eau uniquement froide mais, avec son miroir ovale, piqué à sa surface d'une nuée de points argentés — si on le touchait du doigt, sans doute se réduirait-il en poussière —, la coiffeuse affirme sa grandiose inutilité contre la cloison fissurée : ultime révolte d'un luxe à l'agonie.

De Gabès, je dirai que je n'y ai pas vraiment vu la mer et que je cherche pendant deux heures comment pénétrer dans la palmeraie, longeant l'oued qui la borde, si puant qu'il finit par m'en détourner. Sur le bas-côté de la route, il y a un autocar cassé, ouvert par le milieu, tout rouillé, sans vitres, un squelette d'autocar abandonné depuis un siècle, dirait-on. La partie de l'avant, comme celle de l'arrière, s'appuie sur des roues de guingois qui curieusement ont conservé leurs pneus. Existe-t-il un culte du pneu en Tunisie ? On le jurerait tant certains garagistes mettent un point d'honneur à les accumuler sur le trottoir. Dans je ne sais plus quelle bourgade, traversée en voiture, une Cosette noiraude dormait au sommet d'un de ces tas de caoutchouc.

De Gabès, je me souviendrai de quelques terrains vagues (mon péché mignon, ce goût des terrains vagues, vous êtes au courant…) avec des enfants vifs et des vieillards pétrifiés. Assez maigre profit question couleur locale. Les rues du centre n'ont aucun, mais alors aucun, intérêt. Devant un cinéma qui programme un film égyptien se tient un homme seul vêtu d'un costume bleu pétrole. Il fume une cigarette. Malgré mon manque d'appétit pour ces tétines si répandues, ça me donne l'idée d'en acheter un paquet. Excellente initiative : à une centaine de mètres plus loin, un soldat me demande : « Auriez-vous une Marlboro ? » Ayant par hasard choisi la bonne marque, je suis heureux de lui accorder ce petit plaisir. On croise beaucoup de soldats en Tunisie, celui-là s'en va comme il est venu : poli, indifférent.

De Gabès, je garderai l'illumination d'une promenade, vers huit heures du soir, sous les arches d'un souk désert. Je me dis : du Chirico grandeur nature. Au lieu de vagabonder, je devrais rentrer à l'hôtel pour commencer une nouvelle : sous les arches du souk désert, un énigmatique personnage au costume bleu pétrole offre une cigarette américaine à un soldat désœuvré puis le ramène dans sa chambre de l'Atlantic où le soldat lui fend le crâne à l'aide du miroir de la coiffeuse… C'est faible et, en outre, je n'écris pas de nouvelle.

De Gabès, je ne conseillerai pas la visite. Ne vaut pas le détour. Pourtant, consciencieux, je suis retourné le matin dans le souk aperçu la nuit. La nuit arrange les choses en les noyant d'ombre. Au jour, adieu Chirico ! Place à un tunnel d'arches sans esprit débouchant sur une mosquée en béton, moderne et compliquée : un ratage absolu. À Paris, près de chez moi, au cœur du 15e arrondissement, on a inauguré en 1998 une église : Notre-Dame-de-l'Arched'Alliance, cube brunâtre enserré dans un treillage de poutres métalliques. Durant la construction, un tag s'étalait sur un mur voisin : « Excommunions l'architecte ! » Je n'en étais pas l'auteur mais j'ai caressé le projet, dès qu'on accueillerait le public, d'aller pisser dans le bénitier. « Pas de blasphème ! » m'a conseillé Gabriel Matzneff qui se soucie du salut de mon âme. De toute façon, je ne découvre pas de bénitier à l'intérieur du gros cube, gai comme une porte de prison ou une Maison des Jeunes et de la Culture des années 60. J'envoie au purgatoire les autorités religieuses de Gabès et de l'archevêché de Paris avec obligation de répéter plusieurs fois par minute : « Non, je ne le ferai plus ! »

De Gabès, je vanterai les mobylettes. Au premier coup d'œil, elles ne retiennent pas spécialement l'attention. Elles campent dans les rues un peu partout. En voici une foule devant les grilles d'un café en plein air fréquenté par les éléments les plus chanceux de la jeunesse locale. Approchez-vous d'elles, observez-les... Vous ne remarquez rien ? Vous donnez votre langue au chat ? Pas une n'est affligée de ces antivols qui en France bloquent les roues du moindre vélo. Ici, on ne les protège pas, elles sont libres. Leurs propriétaires n'ont pas l'air inquiet, ils boivent du thé à la menthe et bavardent. Une leçon adressée à notre frileuse Europe où chacun se méfie... avec quelque raison, il faut le reconnaître : couchant dehors dans un quartier réputé calme, ma Twingo se trouve régulièrement agressée. À Gabès en particulier et sur le territoire tunisien en général, on garde une certaine confiance dans l'autre. Les mobylettes non entravées plaident pour une civilisation encore aimable.

19

Antipathie de Gafsa

Personne ne vous conseille de vous arrêter à Gafsa. Ville pauvre, largement bombardée pendant la guerre, il ne reste à y visiter, outre la palmeraie (très inférieure, de notoriété publique, à celles de Tozeur et de Nefta), que les piscines romaines qui datent… de la période arabe. Ma petite expérience m'a pourtant appris que, d'un endroit dont on n'attend pas le Pérou, peut naître un événement étonnant. En vue de Gafsa, je dis à Claude qui conduit la Peugeot 106 :

— On va faire reposer le moteur et se promener pendant une heure ou deux. S'il ne se passe rien, nous repartirons vers les oasis de montagne… mais il se passera quelque chose, j'en ai l'intuition.

— Dans quel domaine ?

— Aucune idée.

Je crois aux signes — on s'en sera douté si l'on m'a suivi dans ces pages —, aux clins d'œil que nous adresse le destin, et qu'il faut leur obéir sans tenter de trouver par soi-même une interprétation : des secrets que murmure à notre oreille on ne sait quel dieu malin, nous n'avons pas à déceler le sens. Parfois je rêve que je fonce sur une route balisée d'une série de flèches verticales : pas de perplexité quant à la direction à prendre ! Je me réveille avant que je sois rendu à bon port.

La route qui traverse Gafsa est si banale qu'elle décourage le regard. À un carrefour, Claude stoppe pour cause de feu rouge. Quand le vert s'allume, un klaxon colérique derrière nous exige que nous démarrions sur-le-champ.

— Où veux-tu qu'on se gare ? demande Claude.

— Filons !

Je l'ai eu, mon signe, pas celui que j'espérais évidemment... Mon intuition m'a joué un tour : au lieu d'une surprise agréable, elle me prévenait qu'au plus sombre d'une rue de Gafsa, un complot effroyable se tramait contre nous. Cet orage qui s'accumulait sur nos têtes, le coup de klaxon d'un imbécile nous a permis de le fuir. Nous l'avons échappé belle.

Évitez de me parler de Gafsa !

20

Vide de Midès, vie de Tamezret

Parmi les oasis de montagne, c'est Midès qui m'a le plus attiré mais un peu à la façon d'un gouffre où l'on risquerait de se jeter. De gouffre, il y en a un et même plusieurs — augmentés d'un très cinématographique canyon — cernant le village abandonné, aux trois quarts en ruine, avec ses murailles d'un brun sombre dressées contre un ciel au bleu implacable. À l'entrée de ce village mort, quatre enfants jouent aux osselets, accroupis par terre. Ils ne se dérangent pas pour deux étrangers aventurés hors-saison dans un cadre de film fantastique — muet de préférence — que fréquenteront spectres et vampires une fois que le soleil se sera couché. Les vivants qui marchent à travers cette nécropole se demandent s'ils le sont encore : peut-être les a-t-on invités à parcourir un nouveau domaine, préfiguration de leur demeure éternelle quand ils auront cessé de respirer. Ce n'est pas spécialement effrayant, pas séduisant non plus, à l'inverse de ce que fut pour moi, un après-midi, l'autre rive du port de Bizerte. C'est un endroit où l'on pourrait se débarrasser de son corps sans plaisir et sans regret.

Lorsque nous sortons de la forteresse vide, un des enfants se lève. Au creux de sa main, grise de poussière, scintillent des cristaux de roche. Je lui en demande le prix : « Ce que tu veux », répond-il. Marché conclu. À Paris, il m'arrive d'observer cette pierre, pareille à une huître ouverte. Les cristaux y ont perdu leur éclat : ils forment une espèce de gelée. S'y enlisant sans profit, le regard ne s'en détache qu'avec effort. Comme on porte à l'oreille un coquillage pour y entendre la mer, approcher de mes yeux la pierre ternie ressuscite Midès, le village du néant poussé au-dessus des gouffres.

De Tamezret, village berbère au sud de Gabès, à quelques kilomètres de Matmata, je tombe tout de suite amoureux. Beaucoup de maisons y sont en ruine, ainsi qu'à Midès, mais elles composent avec celles, bien claires, qui abritent des familles un ensemble improbable groupé sur une colline. Autour, la plaine aride, caillouteuse : un avant-goût du désert. Au bas du village, une place où cinq palmiers — dont l'un penché comme pour un salut — surgissent du sol poudreux. La présence de deux étrangers crée un petit intérêt chez des hommes assis à l'ombre d'un mur. Le plus jeune offre de nous conduire jusqu'au café. Nous y montons par des ruelles sinueuses, ascension qui nous met en sueur. Volupté alors de boire, au sommet d'une tour, le thé à la menthe où nagent de délicieuses amandes. Nous pourrions rester quelque temps. Le soir, nous dormirions sur l'une de ces terrasses blanches insérées entre des souvenirs de constructions et un vieil escalier qui ne mène nulle part. Personne ne nous dérangerait. Pourtant nous saurions que nous ne sommes pas seuls, éléments d'un monde à peine peuplé où nous sentons, à de minuscules indices, que la vie existe et que nous éprouvons le désir de la savourer comme une liqueur rare. Bien sûr il ne faudrait inviter dans ce lieu d'exception que les plus intimes de nos amis. Défense d'approcher aux dévoreurs de pittoresque incapables de maîtriser leurs exclamations d'enthousiasme. Vœu hélas trop tardif : des soldats s'emploient à transformer en route la piste reliant Tamezret à Douz. Dans peu d'années, ce sera le déferlement des envahisseurs. On bâtira un hôtel, puis cinq, puis dix. La vie d'un village berbère deviendra du folklore. La vie c'est trois fois rien. À Tamezret, nous en aurons respiré le fragile parfum avant que la civilisation des loisirs ne le dissipe.

21

Nefta, bout du monde

Dans l'avion, un vieux couple. La femme dit : « On va au bout du monde. » Puis, se tournant vers moi, son voisin, elle précise : « À Nefta, près du désert. J'y ai vécu quand j'étais petite... Je me souviens de jardins merveilleux. J'espère qu'ils sont toujours là. » Elle voulait, avant de mourir, s'y promener avec son mari. Si elle pensait à la fameuse Corbeille qui valut à la ville sa réputation, elle aura été déçue : en ce mois de mars 95 quand je la découvre, toute luxuriance a disparu. Sur le fond grisâtre du cirque, on croirait que les palmiers ont du mal à pousser : beaucoup, réduits à leur tronc, y agonisent. Peut-être la vieille dame aura-t-elle pleuré.

Je ne suis pas certain qu'il faille revisiter

les paysages de ses joies passées. Je suis même certain du contraire : à supposer que rien n'ait changé, ne se soit dégradé — ce qui déjà tiendrait du miracle — nous, nous avons changé sans nous en rendre compte, conservant nos souvenirs comme de la confiture dans un pot mais leur fraîcheur s'est envolée. Nous n'en aurions plus aucun doute lorsque nous reverrions telle plage sous les Tropiques, tel tableau dans un musée, tel hôtel au bord d'un canal… chacun possédant sa collection d'endroits privilégiés. Ainsi, pour ma part, ai-je décidé de ne plus retourner au Maroc, aux Philippines, à Rome, à Venise, où j'ai été trop heureux pour accepter de l'être moins. C'est ce que je note aujourd'hui, prêt à jurer que rien ni personne ne me fera varier là-dessus. On doit pourtant se méfier des formules définitives. D'abord à cause du style : n'est pas Chamfort qui veut. Ensuite parce qu'une évidence du soir s'évanouit le lendemain matin. Bêtement fier de mon équilibre et persuadé que l'idée de m'infliger une douleur m'était insupportable, j'avais écrit dans *Quartiers d'Italie* que je ne me suiciderais jamais. Pour une raison évoquée à la fin de ce mince volume, mon amour de vivre a considérablement diminué. Je n'en déduirai pas que je me suiciderai mais qu'il n'est plus impossible que je me suicide. Au reste, quel intérêt ?

Parlons plutôt de Nefta et de son charme car il existe, très prenant, différent de celui qu'évoque Jacques Ibert, musicien un peu oublié (malgré les jolies *Chansons de Don Quichotte* — qu'interprète Chaliapine dans le film de Pabst — qui furent préférées aux sublimes mélodies de Ravel) dans la deuxième de ses *Escales* titrée « Tunis-Nefta ». Cette page symphonique, composée autour des années 20, possède une qualité de finesse propre à l'art français dont je ne vois pas pourquoi l'on se moquerait. Le hautbois soliste développe son thème gentiment troublant pour un monde que nul danger ne menace. La vieille dame y retrouverait ses jardins intacts, les sources où boivent les chèvres, l'enfant bouclé qui plante ses dents blanches dans une orange.

À Nefta, les chèvres mangent des détritus, les enfants réclament des pièces ou des stylos, le vent envoie du sable dans les yeux. La rue ressemble souvent à « une latrine borgne odorifère » ainsi que la présente Salah Garmadi en un poème véhément de *Nos ancêtres les Bédouins* (chez P.J. Oswald). Il y a des maisons écroulées, d'autres que l'on construit. Plusieurs murs de briques, élevés comme une promesse d'habitation familiale, ont l'air à l'abandon. Les maisons qui subsistent dans le quartier ancien en surplomb de la palmeraie opposent au soleil, à ce vent incessant, leur façade rectangulaire qu'avivent, peintes en bleu clair, une étroite porte et, au maximum, deux minuscules fenêtres. Devant l'une de ces épures passe une fillette de rouge vêtue, effet qu'aurait pu se permettre au théâtre un Christian Bérard qui savait que la richesse d'une image ne réside pas dans le superflu. Quand la réalité se transforme en un décor, c'est-à-dire en une espèce de rêve projeté à quelques mètres de moi mais d'où je ne suis pas exclu — j'ai l'impression bizarre de l'avoir en partie créé —, à ce moment-là, frôlant le mystère de la foi, je serais capable de m'agenouiller.

Envers les gens qui prient, j'éprouve une sympathie proche de la tendresse. Bon musulman, le patron du *marhala*, gîte d'étape où je loge, se livre sans ostentation à ce rite. Au milieu de l'après-midi dans le patio, tandis que, installé à une table en bordure d'un bassin vide, je peine sur une scène de roman, lui, prosterné, pose le front sur une natte. Je me demande si nous n'accomplissons pas, chacun à notre manière, le même devoir. Plus concentré que moi qui suis distrait par lui, il salue l'invisible avec une calme ferveur. Je ne sais pas ce que je salue avec l'acharnement du paresseux contrarié, sans doute une illusion. Nous offrons nos solitudes, loin des foules religieuses dans leurs pèlerinages, leurs kermesses, idiotes comme toutes les foules et néfastes telles des nuées de criquets.

J'aligne des phrases jusqu'à la nuit. « Vous êtes sérieux », dit le patron, saint homme guère psychologue. Je file dans la palmeraie avec le désir de m'y perdre. Je ne me perds pas, je m'égare, nuance difficile à expliquer. Même au plus sombre des sentiers, lorsque je trébuche sur une racine, il suffit que je me redresse pour apercevoir, par exemple, une coupole de marabout vers laquelle il ne me reste qu'à me diriger si je veux retrouver le chemin du retour. Un soir cependant, je ne repère rien et c'est à la musique que je dois mon salut. Elle grelotte dans le vent (ah ! ce vent...). Une flûte, un violon, il me semble... À droite ? À gauche ? À gauche. Je m'approche de cette musique qui enfle... Finie la flûte (avait-elle commencé ?). Des violons au pluriel, grinçants, des tambours agressivement frappés. On ne jouait pas ainsi du temps de Jacques Ibert ou il s'est bouché les oreilles. Au sortir de la palmeraie, un immense ciel étoilé écrase la ville, jeu de cubes sous un éclairage faiblard fonctionnant par intermittence. Les rafales me poussent, la musique me happe : j'arrive sur la route (elle mène en Algérie) semée de maisons basses encore plus élémentaires que celles du vieux quartier. De la première jaillit la musique : ferait-on la fête, danserait-on à l'intérieur ? J'envisage un bon petit sabbat de sorcières chevauchant leurs balais à quoi s'ajouteraient des turpitudes moins anodines. D'un pas alerte, j'avance entre des terrains vagues. La musique diminue puis augmente : elle jaillit d'une deuxième maison, d'une troisième qui lui est accolée... Il s'agit probablement d'un programme de télévision qu'on savoure de foyer en foyer avec les légumes bouillis.

Au *marhala* où la télévision est éteinte, je me couche sans manger. Les chambres, situées sur un côté du patio, auraient servi de cellules à des moines : renseignement fourni par le patron, je n'en garantis pas le sérieux historique bien que, si vous aviez dormi une semaine ici, vous adopteriez sa version. La cellule donc ne possède qu'un matelas posé sur un lit de brique, un cintre pendu à un clou et, dans un coin, le lavabo et la douche (faute de serviette, après m'être aspergé, je m'essuie à mon tee-shirt). Enfoui jusqu'au menton sous une couverture de laine, je laisse errer mon regard sur le début d'une voûte au plafond... Quel style : « je laisse errer mon regard » ! Il vaut mieux que mes paupières se ferment. Je n'entends plus la musique de la télé, une autre la remplace car le vent, promu chef d'orchestre, déchaîne tout un ensemble de bruits éclatants ou sourds, de sifflements avec, comme leitmotive, une porte qui tape, une bâche qui claque... excellente partition pour film d'épouvante. On croirait que Nefta, bout du monde, se tord de douleur. Dans ma cellule, je ne redoute rien d'une apocalypse aussi élaborée sur le plan sonore — quand la vraie viendra, ce sera en silence, sans avertir, une simple secousse et adieu !

Je m'endors, espérant en songe la visite de Fra Angelico, le moine que j'aime. À l'aube, les oiseaux me réveilleront : c'est la règle, au bout du monde.

22

Vitrine du désert

À une dizaine de kilomètres de Nefta, vers l'Algérie, à droite de la route, il y a une piste qui conduit à un petit campement où des chameaux se reposent. Je n'ai jamais pu résister au chameau, c'est mon animal préféré. Quand je pense qu'on appelle chameau une femme méchante... À cause de la bosse, attribut de mauvaise fée ? Je vois au contraire en cette excroissance généreuse la colline qui pousse sur le corps pour le rendre paysage. Un paysage que ma main se réjouira de caresser. Ah ! le contact rugueux de la paume avec ce poil ras et embroussaillé... Et puis la courbe du cou dessinant un *v* bien ouvert, le *v* de vie, j'en jurerais. Et surtout, à l'extrémité effilée d'une tête déjà menue, la bouche fendue d'un perpétuel sourire. Si le rire est le propre de l'homme, le sourire est le propre du chameau qui semble considérer gens et choses d'ici-bas avec l'ironie un peu dédaigneuse de celui que rien n'étonnera. Après avoir fixé le prix de la promenade, le guide à turban bleu m'en choisit un qui médite entre des touffes ligneuses. « Allons bon, doit se dire le mammifère en m'apercevant, me voilà de corvée de touriste. » Qu'il se moque de moi tant qu'il voudra pendant que je me hisse à califourchon sur l'espèce de tapis de bain dont on l'a décoré afin d'accueillir dignement les innombrables postérieurs internationaux ! Du moins sais-je par expérience — un de ses frères aussi espiègle m'a fait le coup en Égypte devant les pyramides — qu'un chameau se dressant d'abord sur les pattes de derrière, j'ai à me cramponner si je ne veux pas accomplir un plongeon sans gloire. Tant bien que mal, je tiens le choc. Quand ma gibbeuse monture s'est tout à fait levée, qu'elle marche, je me sens prêt, apaisé par le train-train de son tangage, à traverser le Sahara de part en part. L'aventure restera plus modeste. Elle s'arrêtera au bout de la piste devant les premières dunes. Enveloppées des mêmes chiffons colorés dont elles ont vêtu les poupées qu'elles vendent, deux bédouines d'à peine dix ans regardent en silence l'immensité qui leur est familière. De ce côté-ci du monde, elles, le guide, le chameau et moi, demeurons immobiles et muets — pourquoi bouger ? pourquoi parler ? — face au désert mis en vitrine, avec ses autres dunes, son sable qui, hésitant entre le gris et le doré, tourbillonne sous l'effet du vent : on croirait qu'il s'envole jusqu'aux rares nuages uniquement placés dans le ciel histoire d'ajouter une touche naïve à la démesure de cette peinture abstraite.

23

Ânes dans l'oasis

Après avoir célébré le chameau, je dois rendre justice à l'âne, longtemps *number one* de ma ménagerie personnelle. Pourquoi le chameau lui a-t-il ravi la place ? Peut-être parce que je suis snob et qu'adorer le chameau pose davantage qu'aimer l'âne. Cependant un âne m'a aimé.

Je ne me rappelle pas son nom, il est probable qu'on ne lui en a jamais donné. On ne baptise pas un âne gris, commun, un âne aux oreilles d'âne, au dos incurvé à force d'avoir porté sur son bât des charges plus lourdes que lui. Il appartenait à ma grand-mère qui possédait aussi des poules, des chèvres et un cochon qu'elle ne voulut pas mettre à mort sous prétexte qu'il était né un vingt-sept juin, jour de mon anniversaire. À Zonza, village du Sartenais dans la montagne corse, l'âne vivait à l'écart de ses semblables qu'on rencontrait sur les chemins, sauf au moment du rut où il se montrait particulièrement en verve : on ne le tenait plus, paraît-il. Sage comme une image hors de sa folie érotique, il passait des heures, quand il ne travaillait pas, à mâchonner des chardons dans un champ qui les produisait en abondance. Au bas de ce champ, agonisait sous son toit crevé une petite maison qu'un cousin berger, s'improvisant maçon, avait jadis bricolée. Deux pièces seulement — l'une sur l'autre — constituaient cet abri d'infortune. L'été de mes dix-huit ans, je venais chaque matin squatter celle du dessus pour y écrire des poèmes en prose qui étaient de bien mauvais poèmes et de la prose pire encore. Je persévérais dans l'erreur avec l'impression de frôler le génie : un âne, oui, et prétentieux. Le vrai me plaisait, je le trouvais gentil, mignon tout plein, lui flattais l'encolure, le chatouillais, le tapotais, moi le seigneur, lui ma chose. Mais lorsque j'avais franchi la passerelle de trois planches reliant le champ très en pente à la pièce de l'étage, j'oubliais vite le bourricot. Une fois, perdu dans mes fadaises, aveugle et sourd à ce qui m'en aurait détourné, je fus ramené au réel par un souffle d'air humide sur ma nuque. L'âne, planté derrière moi, approchait sa tête de ma joue afin de l'y frotter. Hommage touchant, on en conviendra, auquel je répondis par des baisers. Au bout d'une dizaine de minutes, j'en eus marre : « Maintenant tu t'en vas » et je lui désignai la porte, la passerelle, le champ. Il ne bougea pas d'un pouce. À lui d'être aveugle et sourd. La passion l'avait entraîné dans un piège dont il ne désirait pas se libérer. Il ne reverrait plus le soleil, ne se régalerait plus de chardons, il crèverait entre les murs de granit d'une masure, héros sacrifié d'un nouvel *Ange bleu* au cœur d'une fable de La Fontaine. Moralité : âne amoureux n'a pas de cervelle. Il ne fallut pas moins de quatre costauds du village pour le pousser à coups de pied vers l'extérieur et son quotidien désenchanté. Les matins suivants, il me bouda.

Un second âne croisa ma route, celui du film de Robert Bresson *Au hasard Balthazar.* En train de préparer cette œuvre, le cinéaste cherchait de jeunes acteurs non professionnels. L'un de ses assistants, vague copain, m'ayant affirmé que mon physique correspondait exactement à un rôle, je me présentai ému devant le maître (j'admirais à l'époque *Un condamné à mort s'est échappé* et *Pickpocket,* je crois que je les admire encore sans avoir envie de le vérifier). Il me retint pour des essais. Je me souviens que sur le plateau l'humeur n'était pas à la rigolade. Dans la pénombre, derrière la caméra, on s'exprimait *mezza voce* comme au confessionnal. Sous les projecteurs, face à l'objectif, je me sentais inquiet, lisant du mieux que je pouvais un fragment des dialogues que Giraudoux avait écrits pour *Les Anges du péché.* « Recommencez, me dit Bresson, avec plus de naturel. » Il relut la page sur le ton neutre, dépourvu d'accentuation, qu'adoptent les personnages de ses films. Le contraire du naturel, bien sûr. À son idée, le comble du naturel puisqu'il parlait de cette façon, persuadé qu'il entendait les autres alors qu'il n'écoutait que lui : ainsi naît le style, envers et contre tous, dans une ingénue fidélité à soi-même. Je me pliai à la diction requise. Bresson m'en félicita sobrement :

« Bon. » En revanche mes grands yeux, dont j'étais si fier, ne le satisfaisaient pas : « Votre regard manque de franchise. » Mon admiration reçut un coup qui l'ébranla. Au troisième essai, je m'appliquai à ne pas cligner. Aucun commentaire. Mon copain assistant, qui se doutait de l'échec, tenta une curieuse offensive : « Christian a publié une nouvelle au Mercure de France. » Je fus écarlate pendant le bref silence qui accueillit l'annonce de cet exploit. Puis Bresson répéta : « Ah, il a publié une nouvelle au Mercure de France », comme s'il s'agissait d'une réplique des *Anges du péché.* Je n'y décelai pas un soupçon d'intérêt. On murmurait autour de lui. Quelqu'un dut lui glisser une phrase aimable à mon propos car il se déclara — quoique le ton ne gagnât pas en chaleur — ravi de notre rencontre. Il m'avait trouvé très particulier, nous n'en resterions pas là… quant au rôle, il lui fallait réfléchir. Je récupérai l'essentiel de mon admiration : c'était un génie mais un génie à cheveux blancs, incapable de comprendre un génie en herbe. Aujourd'hui que l'herbe n'est plus verte, que mes cheveux grisonnent sur les tempes (ailleurs ils sont noirs, parfaitement !) et que mon génie ne m'empêche pas de dormir, j'ai une pensée pour l'inconnu qui dans le clair-obscur a plaidé ma cause. Un homme âgé aussi, peut-être Pierre Charbonnier, auteur des décors de la plupart des films de Bresson et dont j'ai découvert les tableaux bien plus tard. Collaborateur de Tchelitchew à l'ultime période des Ballets russes de Diaghilev, ami de Ponge, de Char, il a créé un univers de villes vides et de fenêtres énigmatiques. Une de ses peintures, achetée à une vente de Drouot où on ne me la disputa guère, évoque, sous un immense ciel orange, un entrepôt abandonné au bord de la mer : paysage des confins que j'interroge sans me lasser. Voilà qui nous éloigne des ânes. Je me suis vanté tout à l'heure en prétendant avoir croisé la route de celui qui tient la vedette dans *Au hasard Balthazar* : comme vous le devinez, on ne m'a pas engagé.

En Corse, j'eus le regret, lors d'un récent voyage, de constater la disparition presque complète de ces tendres quadrupèdes. Heureusement la Tunisie — il est grand temps d'y revenir — ne les a pas bannis. Dans l'oasis de Tozeur, ils surgissent des allées, tirant des charrettes pleines de salades, de légumes divers. Sous la conduite d'un adolescent assis à l'avant du fardeau, ils trottent vers le marché où l'on bradera les pauvres richesses. À leur place, au retour, ils se chargent d'enfants sortis de l'école qu'ils raccompagnent chez eux, quelque part dans la palmeraie. Les enfants rient et bavardent avec animation. Les ânes n'en perdent pas une miette. Ils en auraient à raconter s'ils rédigeaient leurs mémoires, à condition qu'ils ne confient pas la plume à la pénible Rostopchine, avocate de l'âne cucul la praline et des enfants chichiteux…

24

Je reviendrai à Tozeur

D'abord la nuit, sans rien, vers dix heures du soir. À l'aéroport, j'ai pris l'unique taxi, guimbarde d'un autre âge. Il roule doucement au milieu des ténèbres qui me paraissent mouvantes : des voiles de ténèbres qu'agite le vent du désert. Je me dis : un nouveau voyage commence, j'entre en pays inconnu, un peu comme au théâtre lorsque la salle s'éteint et que j'attends le début d'une histoire déjà écrite, sue des acteurs prêts à jaillir de l'ombre, mais dont moi j'ignore la première phrase. Durant quelques secondes, je ressens un espoir fou, une sorte d'ivresse à l'idée qu'une autre réalité va m'être révélée. La première phrase prononcée sous les feux des projecteurs détruit en général une partie de mon enthousiasme, non qu'elle soit à tout coup mauvaise — si elle l'est, je laisse tomber —, elle parle seulement moins fort que le silence et l'homme ou la femme qui la prononce n'a qu'un lointain rapport avec le passeur auquel j'avais pu rêver. Dans l'oasis de Tozeur, les phares de la voiture éclairent soudain, au bord de la route, un jeune homme qui lève la main en geste d'accueil. Puis on longe des maisons basses et on arrive vite dans la cour pleine d'arbres de l'hôtel Continental. La première phrase que je retiens est celle du chauffeur quasi muet jusque-là, lorsque je règle sa course : « Tu es ici chez toi. »

Une formule d'accueil, banale en Tunisie, que chaque visiteur a entendue souvent. D'ordinaire je n'y attache pas d'importance. Aujourd'hui, j'en jurerais, elle m'est donnée comme une vérité capitale. *Je suis ici chez moi.* J'ai signalé ailleurs le danger d'une telle certitude : on se transforme en roi fainéant au centre d'un royaume qu'on n'a pas eu à conquérir. Longtemps quelque chose dans ma nature s'est méfié du cadeau obtenu sans l'avoir mérité. Quand une page ne me coûtait pas d'effort spécial, je l'imaginais mauvaise. Quand, à l'inverse, j'avais peiné sur une description (ma bête noire !), j'éprouvais le contentement de l'élève qui s'est appliqué à résoudre un problème. À la relecture, des années après, je ne pense pas que le travail ait amélioré ma petite manière : il lui aurait plutôt flanqué un air emprunté. Le travail n'améliore que ce qu'on sait faire. Il ne sauve pas un talent aventuré hors de ses limites, il contribue à le perdre.

En cet hiver 1995, je suis venu écrire à Tozeur sur les conseils d'un ami qui m'avait affirmé : « Tu y seras au calme et tu n'y seras pas seul. » Cet ami me connaît bien. Dans mon cas, le besoin de rompre avec mes activités parisiennes, peu propices à la nécessaire concentration, ne conduit pas à l'enfermement dans la fameuse tour d'ivoire. Au bout de cinq ou six heures d'écriture (le maximum), il faut que je sorte de ma chambre pour voir si le monde ne m'a pas oublié. Je lui demande de m'offrir une promenade dans une ville qui me plaise, un bon repas simple, des gens qui s'approchent et me sourient.

Tozeur ne me plaît pas, Tozeur m'enchante. Il y a le quartier ancien avec son réseau de ruelles sous des voûtes : parfois je m'assieds à l'ombre, par terre, en contemplant les motifs abstraits qui ornent les façades des maisons en brique. Il y a le quartier moderne, de part et d'autre de l'avenue Bourguiba, avec ses deux cafés toujours bondés, son marché couvert où la tête de mouton sanguinolente trône entre fleurs, légumes et roses des sables. À l'extérieur, autour de la place Ibn Chabbat, c'est une bousculade d'enfants qui s'amusent. Les mobylettes se faufilent dans la foule, les ânes tirent leur charrette, les chèvres se réfugient dans un coin auprès des chiens maigres. Devant les boutiques, des tapis pendent du toit jusqu'au sol, aussi colorés que les costumes de Nathalie Gontcharova pour *Le Coq d'Or* ou *Bogatyri*. Un vendeur m'attrape par le bras : « Tu es français ? J'adore les Français… Un tapis ? Magnifiques, mes tapis, pas chers. Tu es d'où ? De Paris ? J'ai un cousin, il habite Limoges, marié à une Française… elles sont chaudes, les Françaises ? Ce collier pour ta femme, non ? Cette veste en laine pour toi, non ? Tu as de belles chaussures, des chaussures françaises, sincèrement elles sont bien… tu me les échanges contre ce plateau ? Du cuivre, touche-le… ce plateau et cette bague en argent, tu y gagnes ! Ah ! tu n'as que cette paire de chaussures, dommage. On prend un thé quand même, d'accord ? » On boit le thé, on se sépare les meilleurs copains du monde.

J'achète peu ou de menus objets qui n'alourdissent pas mon sac. Et puis, à vrai dire, je ne suis guère attiré par les artisanats locaux. Un jour, je me laisse séduire par un pot de terre ventru et plein de bosses. Le potier, un doux vieillard, n'approuve pas mon choix : « Je ne l'ai pas réussi, mes doigts ont tremblé. » Il m'en montre un qu'il juge mieux exécuté : lisse et sans caractère. Je le refuse, vante la forme du premier. Le vieillard me considère, navré : comment peut-on avoir aussi mauvais goût ? doit-il se demander. Je renonce à le convaincre de l'originalité de son ratage mais ne modifie pas ma position. Il suppose alors qu'il s'agit, de ma part, d'une ruse de client et m'annonce un prix dérisoire en me tendant son pot « correct » comme il l'appelle modestement. Je me saisis de l'incorrect, décidé à ne pas le lâcher. De guerre lasse, il capitule : « Si tu y tiens tant que ça, garde-le. » Il ajoute avec la fierté de l'artiste incompris : « C'est un cadeau. » Après un bref merci, je m'éloigne, coupable d'avoir manqué de la plus élémentaire générosité. Demain je reviendrai chercher le pot dédaigné au nom d'un esthétisme un brin décadent que j'aurais tort, ici, de revendiquer : « Finalement j'ai réfléchi, je le trouve très beau. Cette fois, accepte ce billet. » Le vieillard sera comblé. Le lendemain, plus de vieillard, ni les matins suivants. L'aurais-je rendu malade de chagrin ? Je préfère imaginer que, dans son petit atelier, il continue, sans trop trembler, à fabriquer des pots qui font l'admiration de toute sa famille. Si je priais, je prierais pour lui. À quoi bon ? Personne ne le met en danger, surtout pas un Européen maladroit.

Comme lui, Tozeur est en état de grâce. Précisons que nous sommes en période de ramadan. Dès le début de l'après-midi, le centre reste animé mais la vivacité a disparu. Bipèdes et quadrupèdes ont ralenti leurs pas. Aux terrasses, on murmure au lieu de crier. Dans la cour à arcades du restaurant de la République, mon déjeuner achevé — un brik fourré aux herbes (délicieux) et une aile de poulet (coriace) —, j'ouvre mon carnet pour noter ce que j'ai sous les yeux : les miettes de pain sur la toile cirée de la table bancale. Elles me fascinent autant qu'un chef-d'œuvre de la peinture. J'accorderais le statut de grand écrivain à celui qui saurait exprimer ce qu'elles ont d'unique, les miettes dorées de Tozeur, et combien elles enrichissent provisoirement l'univers. Incapable d'un tel exploit, je sombrerais, si je m'acharnais, dans la métaphysique à deux sous, un vomitif. Je ferme le carnet comme on ferme une parenthèse et rentre à l'hôtel continuer avec mon roman un flirt que je ne pousse pas au-delà du coucher de soleil.

Il m'arrive de ressortir à l'instant où l'on annonce par haut-parleur la fin du jeûne. Aussitôt, sur l'avenue Abou el-Kacem Chabbi, chacun prend ses jambes à son cou. Au milieu de la panique générale, j'essaie de traverser quand un gamin à vélo fonce sur moi. Il m'évite de peu : « Ça va, monsieur, ça va ? » Rassuré, il repart en trombe. Un peloton sprinte à pied sur le trottoir où je me suis prudemment rangé : « Vite, vite ! », hurle leur chef de file et leur lanterne rouge, freinant une seconde lorsqu'il me dépasse, tient à s'expliquer :

« On a faim ! » Il a même le temps de lancer : « Ma mère a préparé de bonnes choses ! » On croirait qu'une tempête a balayé les vivants. Ne subsistent que des personnages improbables : un type âgé tout de blanc vêtu qui vacille, un soldat avec un fusil posé à l'horizontale sur les épaules. Après l'évanouissement de cet ange exterminateur dans une rue adjacente, les lampadaires s'allument et j'avance seul sous la lumière orangée : fantôme au cœur d'une ville fantôme. Décidément *je suis ici chez moi.*

Au bout d'une demi-heure, retour en force de la population masculine. Avenue Bourguiba, plus une chaise de libre sur les terrasses. Çà et là, des tréteaux où s'étalent des bonbons et des jouets. Les enfants redeviennent les vedettes. Certains, le buste bien droit dans les échoppes des coiffeurs, ressemblent à des princes qu'on apprêterait pour une cérémonie officielle. Je flâne, échange quelques saluts. Un homme sérieux, portant bonnet, m'interroge sur le chômage en France puis commence un exposé du genre : origines de Tozeur, art et traditions. Je feins une écoute attentive mais dès que j'aperçois, en retrait, un square occupé par un groupe de jeunes, je me dégage de mon érudit en prétextant un rendez-vous.

Je doute qu'il existe un square plus laid à cent lieues à la ronde. D'un côté s'élève un monument dont le symbole m'échappe (pas la hideur !) : une espèce de turban s'y enroule autour d'un phallique épi de maïs. Au-dessous, sur des marches, sont assis une dizaine de garçons. L'un se détache de la semi-obscurité dans l'intention de me taper d'une cigarette. « Désolé, dis-je, je ne fume pas. » Tandis qu'il va rejoindre ses camarades, je me fais l'effet de l'adulte rabat-joie justement abandonné à son triste sort. Comment renouer un contact que ma sèche politesse a rompu à la naissance ? Je me torture en vain les méninges. Le fumeur éconduit s'est-il rendu compte de ma perplexité ? Pas rancunier pour un sou, il m'invite d'un signe auprès de lui et des siens. Aussi simple que ça…

À tour de rôle, en me tendant la main, ils se présentent : Mohsen, Reda, Slim… Difficilement prononçable, mon prénom vole de lèvres en lèvres. On me trouve un tabouret, on m'y installe, on s'agglutine, on me presse de questions sur Paris, sur ma situation de famille, sur ma situation tout court. On accueille comme des oracles mes réponses banales. « Tu es déjà venu en Tunisie ? Et à Tozeur ? Non, jamais à Tozeur… alors, c'est parfait, on sera tes amis. Veux-tu un café ? » Un adolescent à chemise rose, qui s'était recroquevillé le menton sur mes genoux, se déplie, s'enfuit et… rapplique avec un verre de café au lait baptisé « capucin » (sous influence italienne ?). Il me coince un morceau de sucre entre les dents : « Excellent quand le café passe dessus. » Le breuvage est tiède et douceâtre, imbuvable, évidemment ça n'a aucune importance : pensez-vous qu'on ait mis du chambertin dans le philtre de Tristan ? Je manifeste mon enthousiasme à propos du « nectar », mot qui déclenche leurs rires, sans doute parce qu'ils le confondent avec un autre. Le cadet de la troupe m'offre une poignée de pistaches. « Cette personne t'apprécie beaucoup », observe l'aîné — dans les dix-huit ans —, moins expansif et qui, lui, mesure ses rires, l'éclat d'un regard très noir conférant à son visage juvénile une gravité supplémentaire. Ce Mohsen, lorsqu'il dépeint un trait de ses lieutenants, commence sa phrase par : « Cette personne... » Du plus bavard, il dira : « Cette personne cause comme une grenouille dans un bassin. » Il s'applique à parler une langue qu'il maîtrise mal et dont plusieurs ne connaissent que quelques formules usuelles. Pour eux, il traduit mes interventions : colloque international sur des sujets qui n'ont rien d'universitaire. Sous le charme d'un échange si spontané, je tente de m'intéresser à leur modus vivendi. La majorité travaille : apprenti cuisinier, apprenti ferrailleur... « Moi, raconte le bavard, je vais à l'école où je suis remarquable — je te montrerai mes cahiers —, après mes examens j'entrerai dans le corps de la police ! » On se moque de lui, on le siffle. Il ne se laisse pas intimider : « Je serai policier spécial, agent secret comme à la télé ! » Cette fois, on applaudit. « Notre grenouille, sa cervelle contient de l'or », dit Mohsen qui, excluant ce prodige, enchaîne par une curieuse déclaration : « Nous sommes un club de chiens. »

Le club m'adopte. Ses membres me raccompagnent à l'hôtel Continental. En chemin, ils se cotisent pour acheter deux cassettes que Mohsen fourre dans la poche de mon blouson : « Ainsi tu garderas un agréable souvenir de nous. C'est notre chanteuse préférée, la reine du rock arabe, une femme fort belle. » Un peu grasse à mon goût, selon les photos accrochées aux murs de la boutique. Mon goût n'a pas voix au chapitre. Le leur les porte vers des chairs épanouies qu'ils n'ont guère la possibilité de toucher. Ils évoquent avec un lyrisme confus les prostituées de Gafsa dont un grand frère ou un cousin a détaillé les services précis. La grenouille osera m'avouer quand nous nous croiserons plus tard : « Un Italien de Turin vient régulièrement pratiquer l'amour avec moi. — Il est sympathique ? — Très : il jure que je possède un pénis supérieur. — Supérieur à quoi ? — À tous les autres. » Un tel contentement de soi, s'il ne le tempère pas, en fera un flic odieux. Mais, à son âge, le narcissisme ne gêne pas le naturel, il en augmente le charme. Ses copains ne se vantent pas aussi ouvertement de leurs attributs ni de leurs performances. En général ils se consolent des femmes inaccessibles avec des étrangers très accessibles. Ça ne leur pose pas un problème torturant (ça n'en a pas posé davantage à leurs pères). Quitte à choquer les ligues de vertu déversées sur la planète par des États-Unis obscurantistes, j'ai la certitude que de tels exercices les amusent. Loin de l'hypocrisie, cette grimace de la morale, ils apprennent l'exquise sauvagerie du plaisir dans un coin abrité, sous les arbres. Un déluré me résume l'affaire : « La palmeraie, c'est notre salle d'opération. »

La palmeraie, c'est surtout le sésame de Tozeur. L'émerveillement à l'état pur, du moins le mien. Des esprits chagrins ont beau m'expliquer que les hôtels de luxe ont détourné l'eau des sources à leur profit et que les racines, à force de crever de soif, crèvent pour de bon, je veux me persuader devant cette profusion végétale qu'il n'y a pas péril en la demeure. J'ai tort puisqu'une partie de la palmeraie risque de disparaître. Du côté du Belvédère, éminence abrupte à l'ascension de laquelle vous ne couperez pas si vous passez par ici (panorama garanti désertique), on voit déjà des troncs dépourvus de branches tandis que prospèrent, à une faible distance, les coupables, ces hôtels de luxe modèle standard. Notons qu'ils ont poussé d'habitude dans des zones situées à l'extérieur des agglomérations, là où leur architecture répétitive ne gâche qu'une portion du paysage. Il suffit de les éviter : d'excellentes adresses vous attendent en ville, l'hôtel Continental, par exemple, qui se situe en bordure de la palmeraie. La palmeraie touffue. La palmeraie jungle et tunnel. La palmeraie empestant le crottin. La palmeraie des ruisseaux à enjamber. La palmeraie des chiens errants. La palmeraie des jardins potagers. La palmeraie des cabanes. La palmeraie du vert clair et du vert sombre. La palmeraie des sentiers poudreux. La palmeraie des fleurs qui éclatent. La palmeraie des oiseaux et des ânes, des vieillards et des enfants. La palmeraie des papillons. La palmeraie des grosses mouches. La palmeraie qui se referme sur la maison en ruine. La palmeraie du marabout près de l'oued. La palmeraie de l'homme seul en plein midi. La palmeraie qui confisque le soleil. La palmeraie de la feuille de citronnier que l'on froisse dans ses doigts. La palmeraie des palmiers, j'allais les oublier ceux-là, les magnifiques, trois cent mille ou cinq cent mille (personne ne s'accorde sur le nombre) qui déploient leurs millions de palmes pour vous montrer que — non, ne partez pas, inutile d'aller ailleurs —, pour vous montrer que parfois la vie vaut le voyage.

À la tombée de la nuit, pendant cette quinzaine où je m'harmonise à Tozeur, je retrouve une équipe réduite du club des chiens chez Berka, la buvette de la palmeraie, *must* des veillées oasiennes. De l'établissement à peine éclairé, on peut guetter les silhouettes qui, à pied ou à vélo, émergent de l'obscurité des chemins. Nous nous en soucions peu. Attablés, nous prenons le frais, un frais si frais que, pour nous réchauffer, nous avalons notre thé brûlant et fumons le *chicha* (aspirez puis passez le narguilé à votre voisin) dont les vapeurs vaguement aromatisées me semblent anodines et sans effet particulier. L'important, comme avec le hasch, ne tient pas au produit mais au partage du produit. Mes amis ont l'air calmes et rêveurs. Outre Mohsen notre chef, il y a ce soir-là — le dernier soir, parfait comme les précédents — Mustapha aux yeux d'émeraude (dixit Mohsen, poète à ses heures), l'agent secret alias la grenouille (pour une fois il se tait), Noureddine le cadet gavroche et un inconnu à l'allure mâle d'où son pseudonyme flatteur de Rambo. À un moment nous écoutons les cassettes, qu'on m'avait demandé d'apporter, de la reine du rock arabe. Grâce au barman complice, promu disc-jockey, une voix rauque à la Sarah Vaughan projette jusqu'au feuillage sa mélodie lancinante, très rythmée, qui occupe désormais une place de choix dans mon histoire de la musique. Lorsque le récital s'achève, Mohsen annonce qu'il va récupérer les cassettes au comptoir. Dans la pièce bondée, il se heurte à un type qui l'empêche de mettre son projet à exécution. Poussé dans le dos par l'énergumène, le voici en mauvaise posture : il trébuche, manque de s'étaler. Le club des chiens se lève en renversant la table. Affrontement à l'intérieur pareil à une mêlée de rugby. Puis expulsion des combattants qui se font face devant la buvette où, debout avec le reste de la clientèle, j'assiste en spectateur au drame imprévu. Les forces sont égales : les cinq du club contre cinq voyous plus âgés qu'eux. On se frappe à coups de pied et de poing. Attention, Mohsen, une brute t'attaque par-derrière ! L'avertissement se bloque au fond de ma gorge. Je ne suis qu'un allié inutile qui n'arrive même pas à crier. Heureusement la grenouille et Rambo tapent sur les assaillants, l'un avec un bâton, l'autre avec sa ceinture de cuir. C'est très violent, irréel après l'heure dont nous avons goûté la paix, d'autant plus irréel que la bagarre, combinaison d'un ballet de Maurice Béjart et d'une scène de *La Fureur de vivre*, se déroule dans un silence total. Gavroche brandit une chaise, Mustapha-les-yeux-verts une bouteille vidée de son soda. Cette offensive crée la panique chez les adversaires qui filent sous les palmiers. Bon vent ! Les nôtres se regroupent. Je les rejoins. Gavroche me tend les cassettes d'un air navré : « Le cadeau pour toi, ils l'ont cassé ! » Rambo lèche le dos de sa main en sang. Mohsen me passe son bras autour du cou : « C'étaient des clochards de vingt-cinq ans : ils ont dit du mal sur toi. » Je m'étonne : ils ignorent tout de moi, quel mal ont-ils pu dire ? Ils en savent peut-être plus que je ne crois et la suite ils l'imaginent. « Ils sont jaloux de notre amitié, tranche Mohsen. Leur cœur est un nid d'œufs pourris. »

Nous regagnons les cafés du centre où

l'on nous réclame le récit de la bataille. Les vainqueurs demeurent modestes sauf bien sûr la grenouille qui s'abandonne à sa verve épique. Mohsen constate : « Cette personne ne fermera jamais son bec. » Le ton de la phrase ne trompe pas : l'affection enrobe la critique. « Venez, ajoute-t-il, on a autre chose à faire. » Respectueux du rite établi, le club presque au complet m'escorte jusqu'à l'hôtel. Gavroche me rachète la reine du rock arabe. Nous marchons en tirant des bouffées de nos cigarettes Crystal (j'en ai acquis plusieurs paquets à leur intention). « Pourquoi tu ne t'es pas battu avec nous ? » interroge soudain Mohsen. Et il s'arrête pile. Et le club s'arrête. Et je dois répondre. Comment ne pas perdre ma dignité et leur confiance ? Ma dignité je m'en fiche, leur confiance j'y tiens. Serais-je prêt à leur avouer qu'un écrivain se protège du réel, plus enclin à compter les coups qu'à les prendre ? Mes petits guerriers de la palmeraie, si prompts à défendre mon honneur, seraient en droit de s'indigner : Christian, nous ne pouvons aimer un lâche. J'essaierais d'expliquer qu'il ne s'agit pas exactement d'une absence de courage mais que ma façon d'aimer diffère de la leur : je ne suis pas avec eux, je suis *à côté*.

Des prunelles noires me scrutent. Le regard étrangement clair de Mustapha exige que je me justifie. Oh ! ce n'est pas difficile, en quelques mots je les persuade de ma bonne foi : dans cette rixe, tout a été trop rapide, je n'ai pas compris... à l'instant où j'allais leur porter secours, déjà ils triomphaient. « S'ils avaient touché à un seul de tes cheveux, dit Mohsen, je les tuais. » Nous sommes plantés sur le trottoir près du Ciné Sahara dont l'enseigne verticale brille dans la nuit comme un signe d'espérance. En retroussant la manche un peu déchirée de sa chemise (« Ma sœur la reprisera, elle a l'habitude »), Rambo me désigne sur le haut de son bras un minuscule tatouage : « L'étoile des bédouins, notre étoile. »

J'apprends alors qu'une partie de leurs familles campe dans le désert à certains moments de l'année. « Pour les gens d'ici, continue Rambo, nous sommes trop libres. Ils nous traitent de vagabonds. C'est pour ça qu'on a décidé de s'appeler les chiens. » Eux aussi sont *à côté*, dans la marge, voilà qui nous rapproche encore...

— Quand tu reviendras à Tozeur, dit Mohsen… Au moins tu reviendras à Tozeur ?

— Je reviendrai à Tozeur.

— Promets-moi que tu n'iras plus à l'hôtel. Tu logeras chez nous.

— Si tu veux.

— Oui ?

— Si tu veux.

— Tu répètes « si tu veux » mais tu ris et moi je suis très sérieux. Tu logeras chez nous et puis je t'emmènerai dans le désert chez mon cousin et son fils Abdel. Nous dormirons ensemble sous la tente. C'est merveilleux de dormir sous la tente. Ne ris pas. Promets.

— Entendu.

— Tu n'auras pas peur des petites souris et des énormes scorpions ?

— Euh… non.

— Demain, lorsque tu seras dans ton Boeing… c'est bien un Boeing ?

— Je ne sais pas.

— Lorsque tu seras dans ton Boeing, nous penserons tous à toi. Nous nous dirons : notre frère s'envole.

— Vous…

— Quoi ?

— Je penserai à vous dans mon Boeing. Nos pensées se croiseront.

— Que Dieu te garde !

25

Je ne reviendrai plus à Tozeur

Je suis revenu à Tozeur. Deux ans plus tard, durant l'hiver 1997, avec Claude Verdier. J'avais prévu la même arrivée par l'avion du soir. Seul, je m'y serais pris autrement, fidèle au principe que, pas plus qu'on ne peut recommencer le lendemain un rêve de la veille, on ne revit pas un bonheur en essayant de fournir une copie des circonstances qui naguère lui ont permis de naître. Mais depuis que j'ai rencontré Claude — il y a bien longtemps : je sortais juste de mon adolescence provinciale —, rien d'important ne se passe dans ma vie que je n'aie aussitôt envie de lui révéler. À ses yeux, je ne crains pas de me montrer gai, sombre, stupide, prétentieux, extravagant. Il m'admet tel que je suis, je l'admets tel qu'il est.

Un miracle car nous ne nous ressemblons pas. Nous sommes des frères contradictoires, des jumeaux du cœur. Il peint, j'écris. Chemins croisés, destins liés. Un pour l'autre et deux pour un. Roger Vrigny nous appelait affectueusement « les mousquetaires ».

À Tozeur, j'étais sûr qu'il se laisserait envahir comme moi par le charme de cette arrivée nocturne et que, du coup, le plaisir de sa découverte ranimerait celui de la mienne dont je l'avais si souvent entretenu. Je ne souhaitais pas rôder autour de mes souvenirs, plutôt en fabriquer de nouveaux avec lui.

De retour à Paris, fin mars 1995, j'avais adressé plusieurs cartes au club des chiens, augmentées d'une série de photos qui les représentaient. Mohsen, lui, joignit à son courrier — des cartes également, signées de tous — un colis de dattes : « Ce ne sont pas des dattes pour touristes, ce sont des grosses fort délicieuses. » En remerciement du régal, j'expédiai des tee-shirts et des montres que l'on reçut avec enthousiasme. Mohsen demandait si je serais des leurs pendant l'été. « Peut-être cet automne », ai-je répondu. L'automne s'effeuilla. « On ne t'oublie pas, ne nous oublie pas ! » s'inquiéta Mohsen. Je n'oubliai pas mais j'oubliai d'écrire. Ce fut l'hiver. Et Mohsen, de plus en plus inquiet face à ma défection : « Tu n'es pas malade ? La sale typhoïde a fatigué notre grenouille. » Ému, j'ébauchai une lettre : « La grenouille va-t-elle mieux ? » Le téléphone sonna au point d'interrogation et la lettre n'eut pas de suite. Quelque temps, je me le reprochai : ils vont me prendre pour un lâcheur, ça me gênait de les avoir déçus. Puis je supposai que Mohsen m'avait pardonné. Le club des chiens était guéri de moi comme la grenouille de la sale typhoïde. Notre amitié restait intacte : un tableau accroché dans un coin de mon musée personnel, pas un de ces chefs-d'œuvre que trop de respect empoussière, une esquisse saisie sur le vif qui, chaque fois qu'on la regarde, dissipe la morosité.

Claude ne connaissant pas la Tunisie, j'ai organisé un circuit où Tozeur ne figure qu'au début et à la fin. Moins de quatre jours en tout : assez pour en savourer la séduction, pas assez pour l'épuiser. La vieille ville, le Belvédère, les boutiques ont comblé notre attente, et l'animation joyeuse du centre.

On a rasé le marché couvert au profit d'un bâtiment plus haut et plus « fonctionnel », arrogante faute de goût parmi les maisons basses. Avec leur chargement de légumes et de fruits, les ânes traînent dans les alentours : espérons qu'on ne les remplacera pas par des camionnettes. J'évite de m'arrêter devant le square de l'avenue Bourguiba où, un soir de ramadan, le club des chiens m'a offert ses premiers sourires.

Je n'ai pas réfléchi à ce que je dirais si je me trouvais nez à nez avec l'un d'entre eux. Quelle excuse inventer qui ne paraîtrait un mensonge ? Leur avouer un bout de vérité (« Je crois que nous avions à passer quelques heures ensemble, quelques heures merveilleuses et pas davantage, on ne doit pas forcer le destin, etc. ») ne les convaincrait pas de ma délicatesse mais de mon égoïsme… ce qui ne serait pas juger les choses de travers. Donc pas de solution. J'improviserais, m'en remettant, pour m'absoudre, à la gentillesse de l'interlocuteur. N'empêche, la perspective de cette rencontre m'embête, m'angoisse presque. À ma surprise et à mon soulagement, il n'y aura pas de rencontre. Ou, dès qu'ils me repèrent, Mohsen et les siens se cachent, décidés à refuser un contact avec le traître. Ou mes chers bédouins sont allés dans le désert, sous leur tente, près des petites souris et des énormes scorpions.

Alors que nous buvons après dîner notre « capucin » chez Berka, trois jeunes s'invitent à notre table. Le plus âgé (vingt-deux ans) s'appelle Aziz, les deux autres (dix-sept ans) Mohamed et Abdelatif. Malgré la musique tonitruante — absence regrettable de la reine du rock arabe —, Aziz parle sans arrêt. Aussi prolixe que la grenouille et plus satisfait de soi-même encore : « Admire mon visage rare avec sa peau tendue sur l'os, un vrai visage berbère… berbères mes yeux et mon corps maigre si élancé ! » Ces caractéristiques lui ont valu de figurer dans les films qui se sont tournés par ici. Amorcée quasiment à la mamelle dans une production japonaise, sa carrière internationale s'est achevée pour l'instant avec un mélodrame anglais à grand spectacle. « Si vous êtes français, continue la star, vous ne pouvez pas ne pas me reconnaître : je suis le Joker, la France entière m'a vu. Vous m'avez vu au moins ? » On ignore à quoi il fait allusion mais on approuve : « Évidemment on t'a vu. » Mohamed et Abdelatif ne s'enorgueillissent pas de tels exploits. Ils terminent ce qui correspond à des études secondaires. Mohamed ambitionne de devenir médecin, Abdelatif travaillera dans le commerce paternel. Coquets et bien peignés, conscients d'être jolis garçons, le monde leur appartient... enfin le monde de Tozeur qui paraît suffire à leur futur épanouissement. Ils traiteraient de fou dangereux Djamel de Tabarka.

En leur compagnie, il est agréable de se promener dans la palmeraie aux arbres si merveilleusement complices. On s'y retrouve à différentes heures de la journée : en fin de matinée après la sortie des classes — un cahier dépasse de la poche arrière du jean de Mohamed — ou avant le coucher du soleil jusqu'à ce no man's land du crépuscule que je n'ai jamais guetté sans appréhension. Le soir de notre départ, nous commençons la nuit ensemble. Abdelatif nous a entraînés dans le jardin de son oncle. Devant la cabane qui sert à ranger des outils et un vélo, nous bavardons au-dessous des palmes à l'abri du vent. J'écoute à peine ce que nous disons. Rien de capital, des banalités au contraire. Le sens ne réside pas dans le sens mais dans quelque chose d'infiniment plus subtil, un éclat de voix suivi d'un murmure, une inflexion, un silence. C'est un secret que l'on partage sans l'expliquer, un tout petit secret pour de tout petits hommes, une eau claire. Pas un mot là-dedans qui nous distingue ou nous isole et pourtant lorsqu'un type chauve — nous ne l'avons pas entendu approcher — surgit à l'improviste, nous nous taisons comme des coupables. « Notre ancien surveillant général, me glisse Mohamed. Il était très sévère. » Claude et moi le saluons poliment. Après s'être renseigné sur nos professions, il nous décrit avec une minutie de spécialiste la fécondation des dattiers femelles par un dattier mâle, discours que je ponctue d'un « extraordinaire ! » et de trois « étonnant ! ». Tel un acteur que son public pousse aux pires excès, il établit une hiérarchie des dattes que l'on pourrait ainsi résumer : a) celles à manger dès qu'on les a cueillies, b) celles que l'on conserve deux mois, c) celles réservées à l'exportation. Pour l'amener à conclure, je ne crains pas l'emphase : « Les dattes de Tozeur sont universellement appréciées. » Une fois qu'il a gobé le compliment comme le corbeau de la fable son fromage, il s'adresse en arabe à nos amis qui ont l'air de lui signifier qu'hélas non, il n'y a pas moyen. Il nous serre la pince — un étau sur mes doigts — et prolonge les adieux.

— Il vous invitait dans sa maison demain, dit Aziz quand le fâcheux nous a débarrassés de sa personne.

— Nous ne serons plus là.

— Il a regretté que vous quittiez Tozeur si vite.

— Sa maison, tant pis !

— Vous préférez notre cabane ?

À l'intérieur, on nous installe, Claude et moi, sur l'unique banc. Les deux plus jeunes s'assoient en face sur des troncs d'arbres coupés, Aziz entre eux et nous, par terre. On ne se voit plus, sinon par fragments — blancheur des dents à l'instant du sourire —, on se devine. On respire nos souffles. On s'effleure sans oser se toucher. Il est possible que dans un très proche avenir, dès que nous serons sortis de la cabane, d'autres gestes naissent liés à d'autres besoins. La parenthèse de paix alors se refermera. Mais dans ces minutes que j'essaie d'évoquer — avec quelle lâcheté le vocabulaire se dérobe ! —, il suffirait d'une légère inadvertance pour que le temps cesse d'être suspendu et que notre bulle se brise. Comment éloigner les menaces ?

— Chante, Aziz, dit Mohamed.

— Chante, Aziz, répète Abdelatif. J'ai mon harmonica.

Il le porte aussitôt à sa bouche, en tire le thème d'une chanson que la voix d'Aziz reprend et développe. À quoi la comparer, cette chanson ? Pas à une rengaine récente. Elle doit appartenir à un répertoire qu'on se repasse de génération en génération. Abdelatif abandonne son harmonica pour taper le rythme sur son tronc d'arbre tandis que la voix souple d'Aziz accède à des aigus de garçon impubère que corrige la brusque âpreté de sons étirés comme des râles de plaisir ou de souffrance. Mohamed traduit l'esprit du poème : « Ma gazelle est prisonnière loin de moi. La retrouverai-je un jour ? » Thème et variations. La voix s'élève, tourne, vrille. On ne lui échappe pas. Quand elle s'affaiblit en un chuchotement puis s'éteint, nous avons très envie qu'elle reprenne son envol. Aziz, que nous encourageons, annonce un nouveau titre.

— Pas celle-là, supplie Abdelatif qui se désolidarise.

— Pourquoi ?

— Si tu chantes celle-là, je viens de pleurer.

Abdelatif a dit « viens » à la place de « vais ». Pourtant aucune phrase n'aurait été plus bizarrement juste dans une telle situation. N'espérez pas que je vous l'analyse : je me sens incapable d'un raisonnement cohérent. La chanson sera chantée. Abdelatif arrivera à cacher ses larmes. Claude dira : « Vous nous avez fait un beau cadeau. »

Ce fragment de vie atteignit la perfection. Si j'en parle aujourd'hui au passé, avec beaucoup de mal, c'est que Claude, foudroyé par un cancer, mourut cinq mois plus tard dans un hôpital parisien. Lorsqu'on se rencontre au moment de la jeunesse et que, par la suite, on se garde comme un trésor, on a l'impression que les rides n'ont pas de pouvoir contre la ferveur et que jamais la jeunesse ne s'enfuira. La jeunesse de nos compagnons, cette nuit-là dans la cabane de la palmeraie, s'accordait à la nôtre. La voix d'Aziz les célébrait à sa manière. Tout avait dix-sept ou vingt ans et ne bougeait plus. Tout était innocent, éternel. En réalité, le temps était mesuré et nous n'en savions rien. Ma jeunesse entrait en agonie. Seul, j'ai rejoint mon âge d'état civil qui ne me concerne pas.

Je ne reviendrai plus à Tozeur.

1. Vieux Scapin de Tunis 11
2. Théâtre de Tunis 21
3. Hôpital de Tunis 29
4. C'était à Carthage, faubourg de Tunis... 35
5. Malédiction de La Goulette 41
6. Le vrai Sidi-Bou-Saïd 49
7. Variété des transports 57
8. Fragments romains 65
9. El Djem, imprenable camp retranché 73
10. La Tunisie profonde 87
11. Paix de Bizerte 97
12. À la gare, roman familial 105
13. Rebelle de Tabarka 111
14. Peintre de Kairouan 127
15. Une mosquée, la mienne 133
16. Les sages du retour 141

17. Espérance de mariage à Kebili 147
18. Éloge des mobylettes tunisiennes 153
19. Antipathie de Gafsa 159
20. Vide de Midès, vie de Tamezret 163
21. Nefta, bout du monde 167
22. Vitrine du désert 175
23. Ânes dans l'oasis 179
24. Je reviendrai à Tozeur 187
25. Je ne reviendrai plus à Tozeur 209

DU MÊME AUTEUR

Aux Éditions Gallimard

MÉMOIRES D'UN TRADUCTEUR, entretiens avec M.-E. Coindreau, 1974
STATION BALNÉAIRE, *roman*, 1986 (Folio n° 1941)
DOUBLE EXPRESS, *roman*, 1990

Aux Éditions du Seuil

UNE LEÇON PARTICULIÈRE, *roman*, 1968
UNE POIGNÉE DE SABLE, *roman*, 1971
LES INSULAIRES, *roman*, 1976
UNE AFFAIRE DE FAMILLE, *roman*, 1981
LE POINT DE FUITE, *roman*, 1984
CELUI QUI S'EN VA, *roman*, 1996
KARAMEL, *théâtre*, 2002
PARLOIR, *récit*, 2002
APRÈS TOI, *récit*, 2004

Aux Éditions du Rocher

QUARTIERS D'ITALIE, *récit*, 1993 (Folio n° 2866)
FRAGMENTS TUNISIENS, *récit*, 1998 (Folio n° 4180)
LE JEUNE HOMME À LA LICORNE, *roman*, 1966
BONS BAISERS DU LAVANDOU, *théâtre*, 2000

Chez d'autres éditeurs

JACQUES NOËL, entretiens, Bibliothèque historique de la Ville de Paris, 1993
LE CHANT DU BOUC, *théâtre*, Éditions de l'Avant-Scène, 1981
LA REINE DE LA NUIT, *théâtre*, Éditions de l'Avant-Scène, 1977
LES LUNATIQUES, *théâtre*, Éditions du Grenier des Mathurins, 1993
PREMIÈRE JEUNESSE, *théâtre*, Actes Sud-Papier, 1987

Composition Nord Compo
Impression Novoprint
à Barcelone, le 12 mars 2005
Dépôt légal: mars 2005
ISBN 2-07-031427-8/.Imprimé en Espagne.

128414